「人魚の嘆き」水島爾保布画

「魔術師」水島爾保布画

中公文庫

人魚の嘆き・魔術師

谷崎潤一郎

中央公論新社

目次

挿画・意匠❖水島爾保布
デザイン❖ミルキィ・イソベ＋安倍晴美

人魚の嘆き
魔術師

人魚の嘆き

大正六年（一九一七）一月「中央公論」

かし〳〵、まだ愛親覚羅氏*の王朝が、六月の牡丹のやうに栄え耀《かがや》いて居た時分、支那の大都の南京*に孟世燾《もうせいちゅう》*と云ふ、うら若い貴公子が住んで居ました。此《こ》の貴公子の父なる人は、一と頃北京の朝廷に仕へて、乾隆《けんりゅう》の帝《みかど》*のおん覚えめでたく、人の羨むやうな手柄を著《あら》はす代りには、人から擯斥《ひんせき》*されるやうな巨万の富をも拵へて、一人息子の世燾が幼い折に、此の世を去つてしまひました。すると間もなく、貴公子の母なる人も父の跡を追うたので、取り残された孤児の世燾は、自然と山のやうな金銀財宝を、独り占めにする身の上となつたのです。

年が若くて、金があつて、おまけに由緒ある家門の誉を受け継いだ彼は、もう其《そ》れだけでも充分仕合はせな人間でした。然《しか》るに仕合はせは其れのみならず、世にも珍しい美貌と才智とが、此の貴公子の顔と心とに恵まれて居たのです。彼の持つて居る夥《おびただ》しい貲財《しざい》*や、秀麗な眉目や、明敏な頭脳や、其れ等の特長の一つを取つて比べても、南京中の青年のうちで、彼の仕合はせに匹敵する者は居ませんでした。彼を相手に豪奢《ごうしゃ》な遊びを競ひ合ひ、教坊*の美妓を奪ひ合ひ、詩文の優劣を争ふ男は、誰も彼も悉《ことごと》く打ち負かされてしまひました。さうして南京に有りと有らゆる、煙花城中*の婦女の願ひは、たとへ一と月半月なりと、あの美しい貴公子を自分の情人にする事でした。

世壽は、斯う云ふ境遇に身を委《ゆだ》ねて、漸《ようや》く総角《あげまき》*の除《と》れた頃から、いつとはなしに遊里の酒を飲み初め、其の時分の言葉で云ふ、窃玉偸香《せつぎよくとうこう》*の味を覚えて、二十二三の歳までには、凡《およ》そ世の中の放蕩と云ふ放蕩、贅沢と云ふ贅沢の限りを仕尽してしまひました。そのせゐか近頃は、頭が何となくぼんやりして、何処《どこ》へ行つても面白くないので、終日邸に籠居《ろうきよ》したまゝ、うつらうつらと無聊《ぶりよう》な月日を送つて居ます。

「どうだい君、此の頃はめつきり元気が衰へたやうだが、ちと町の方へ遊びに出たらいゝぢやないか。まだ君なんぞは、道楽に飽きる年でもないやうだぜ。」

悪友の誰彼《たれかれ》が、斯う云つて誘ひに来ると、いつも貴公子は慵《ものう》げな瞳を据ゑて、高慢らしくせゝら笑つて答へるのです。

「うん、……己《おれ》だつてまだ道楽に飽きては居ない。しかし遊びに出たところで、何が面白い事があるんだい。己にはもう、有りふれた町の女や酒の味が、すつかり鼻に着いて居るんだ。ほんたうに愉快な事がありさへすれば、己はいつでもお供をするが、……」

貴公子の眼から見ると、年が年中同じやうな色里の女に溺れて、千篇一律の放蕩を謳歌して居る悪友どもの生活が、寧《むし》ろ不憫《ふびん》に思はれる事さへありました。若《も》しも女に溺れるならば、普通以上の女でありたい。若し放蕩を謳歌するなら、常に新しい放蕩でありたい。貴

公子の心の底には、斯う云ふ慾望が燃えて居るのに、其の慾望を満足させる恰好な目標が見当らないので、よんどころなく彼は閑散な時を過して居るのでした。

しかし、世壽の財産は無尽蔵でも、彼の寿命は元より限りがありますから、さういつ迄も美しい「うら若さ」を保つ訳には行きません。貴公子も折々其れを考へると、急に歓楽が欲しくなつて、ぐづ〳〵しては居られないやうな気分に襲はれる事があります。何とかして今のうちに、現在自分の持つて居る「うら若さ」の消えやらぬ間《ま》に、もう一遍たるんだ生活を引き搾《しぼ》つて、冷えかゝつた胸の奥に熱湯のやうな感情を沸騰させたい。連夜の宴楽、連日の讌戯《えんぎ》*に浸りながら、猶《なお》倦むことを知らなかつた二三年前の昂奮した心持ちに、どうかして今一度到達したい。などゝ焦つては見るのですが、別段今日になつて、彼を有頂天にさせるやうな、香辣*な刺戟もなければ斬新な方法もないのです。もはや歓楽の絶頂を極め、痴狂《ちきょう》の数々を経験し尽した彼に取つて、もう其れ以上の変つた遊びが、此の世に存在する筈はありませんでした。

そこで貴公子は仕方なしに、自分の家の酒庫にある、珍しい酒を残らず卓上へ持ち来らせ、又町中の教坊に、四方の国々から寄り集まつた美女の内で、殊更《ことさら》才色のめでたい者を七人ばかり択《えら》び出させ、其れを自分の妾《めかけ》に直して、各々七つの綉房《しゅうぼう》*に住まはせました。酒の方では、先づ第一が甜《あま》くて強い山西*の潞安酒《るうあんちゅう》*、淡くて柔かい常州*の恵泉酒*、其の外蘇州*の福珍酒《ほちんちゅう》*だの、湖州*の烏程潯酒《うーぢんちんちゅう》*だの、北方*の葡萄酒*、馬奶酒*、梨酒、棗酒《そうしゅ》*から、南方の椰漿酒*、樹汁酒、蜜酒*の類に至るまで、四百余州*に名高い佳醴芳醇《かれいほうじゅん》*は、朝な夕なの食膳に交る交る盃へ注《つ》がれて、貴公子の唇を湿ほしました。しかし此れ等の酒の味も、以前に度《た》び度《た》び飲み馴れて居る貴公子の舌には、其れ程新奇に感ずる筈《はず》がありません。飲めば酔ひ、酔へば愉快になるもの丶、何となく物足りない心地がして、昔のやうに神思飄颻《ひようよう》*たる感興は、一向胸に湧いて来ないのです。

「どうして内の御前さまは、毎日あんなに鬱《ふさ》ぎ込んで、退屈らしい顔つきばかりなすつていらつしやるのだらう。」

七人の妾たちは、互ひに斯う云つて訝《いぶか》りながら、有らん限りの秘術をつくして、貴公子の御機嫌を取り結びます。紅々*と云ふ、第一の妾は声が自慢で、隙《ひま》さへあれば愛玩の胡琴*を鳴らしつ丶、婉転*として玉のやうな喉嚨《こうろう》*を弄《もてあそ》び、鶯々と云ふ、第二の妾は秀句が上手で、機に臨み折に触れては面白をかしい話題を捕へ、小禽のやうな絳舌蜜嘴《こうぜつみつし》*をぺらぺらと囀《さえず》らせる。肌の白いのを得意として居る、第三の妾の窈娘《ようじよう》は、動《やや》ともすると酔に乗じて、神々しい二の腕の膩肉《じにく》*を誇り、愛嬌を売り物にする第四の妾の錦雲は、いつも豊頬に腮《さい》窩《わ》*を刻んで、さもにこやかにほ丶笑みながら、柘榴《ざくろ》の如き歯列《なら》びを示し、第五、第六、第七の妾たちも、それ〴〵己れの長所を恃《たの》んで、頻りに主人の寵幸*を争ふのです。けれども貴公子は、此の女たちの孰《いず》れに対しても、格別強い執着を抱く様子がありません。世間普通の眼から見ると、彼等は絶世の美人に違ひありませんが、驕慢な貴公子を相手にしては、やはり酒の味と同じやうに、折角の嬌態が今更珍しくも美しくも見えないのです。斯う云ふ風で、次ぎから次ぎへと絶えず芳烈な刺戟を求め、永劫の歓喜、永劫の恍惚に、心身を楽しませようと云ふ貴公子の願ひは、なか〳〵一と通りの酒や女の力を以て、遂げられる訳がないのでした。

「金はいくらでも出してやるから、もつと変つた酒はないか。もつと美しい女は居ないか。」

貴公子の邸へ出入する商人共は、常に斯う云ふ注文を受けて居ながら、未だ嘗《かつ》て彼の賞讃を博する程の、立派な品を齎《もたら》した者は居ませんでした。中にはまた、物好きな貴公子の噂を聞いて、金が欲しさに諸所方々の国々から、えたいの知れないまやかし物を、はるばると売り附けに来る奸商*があります。

「御前さま、此れは私《わたくし》が西安の老舗の庫から見つけ出した、千年も前の酒でございます。何でも此れは唐の昔に、張皇后*がお嗜《たしな》みになつたと云ふ、有名な鴔脳酒《げんのう》*だと申します。又此の方は、同じく唐の順宗皇帝*がお好みになつた、龍膏酒*ださうでございます。嘘だと思し召すならば、よく酒壺の古色を御覧下さいまし。千年前の封印が、此の通り立派に残つて居ります。」

こんな工合に持ちかけるのを、人の悪い貴公子は、黙々として聞き終つてから、さて徐《おもむ》ろに皮肉を云ひました。

「いや、お前の能弁には感心するが、己を欺《だま》さうと云ふ了見なら、もう少し物識《ものし》りになるがいゝ。其の酒壺は江南*の南定窯《なんていよう》*と云ふ奴で、南宋以前にはなかつた代物だ。唐の名酒が宋の陶器に封じてあるのは滑稽過ぎる。」

斯う云はれると商人は一言もなく、冷汗を掻いて引き退つてしまひます。実際、陶器に限らず、衣服でも宝石でも絵画でも刀剣でも、あらゆる美術工藝に関する貴公子の鑒識《かんしき》*は、気味の悪いくらゐ該博《がいはく》で、支那中の考古学者と骨董家とが集まつても、到底彼の足元にすら及ばない事は確かでした。

女を売りに来る輩《やから》も、うるさい程多勢あつて、めい〳〵勝手な手前味噌を列《なら》べ立てます。

「御前さま、今度と云ふ今度こそ、素晴らしい玉*が見つかりました。生れは杭州の商家の娘で、名前を花麗春と云ふ、十六になる児でございますが、器量は元より藝が達者で詩が上手で、先づあれ程の優物*は、四百余州に二人とはございますまい。まあ欺されたと思し召して、本人を御覧になつては如何《いかが》でございませう。」

こんな話を聞かされると、毎々彼等に乗せられて居ながら、つい貴公子は心を動かして、一応其の児を検分しないと気が済みません。

「それでは会つて見たいから、早速呼んで来るがいゝ。」――多くの場合、彼は兎も角も斯う云ふ返辞を与へるのです。

しかし、人買ひの手につれられて、貴公子の邸へ目見えに上る美人連は、余程厚顔な生れつきでない限り、大概赤恥を搔かされて、泣く泣く逃げて帰るのが普通でした。なぜと云ふのに、其の人買ひと美人とは、最初に先づ、豪奢を極めた邸内の庁堂*へ請ぜられ、長い間待たされた後、今度は更に鏡のやうな花斑石*の舗甎《ぷうせん》*を蹈《ふ》んで、遠い廊下を幾曲りして、遂に奥殿の内房*へ案内されます。見ると其処《そこ》では今や盛大な宴楽が催され、或る者は柱に凭《もた》れて簫笛を吹き、或る者は囲屛に倚つて琵琶を弾じ、多勢の男女が蹣跚《まんさん》*と入り交りつゝ、手に手に酒琖《しゆさん》*を捧げながら、雲鑼《うんら》*を打ち月鼓*を鳴らして、放歌乱舞の限りを尽して居るのです。

もう其れだけで、好い加減胆を奪はれてしまひますが、而《しか》も主人の貴公子は、いつも必ず一段高い睡房*の帳《とばり》の蔭に、錦繡*の花毯《かたん》*の上へ身を横《よこた》へて、さも大儀さうな欠伸《あくび》をしながら、眼前の騒ぎを余所《よそ》にうつらうつらと、銀の煙管《きせる》で阿片*を吸うて居りました。

「成る程、四百余州に二人とない美人と云ふのは、此の児の事かな。……」

貴公子はやをら身を起して、睡さうな眼でぢろりぢろりと二人を視詰《みつ》めます。さうかと思ふと、直ぐに鼻先でせゝら笑つて、

「……だがしかし、四百余州と云ふ所は、己の内より余程女が居ないと見える。お前も人買ひを商売にするなら、後学の為めに己の妾を見てやつてくれ。」

斯《か》く云ふ主人の声に応じて、例の七人の寵姫たちは、さながら馴らされた鳩のやうに、忽ち綉簾《しゆうれん》*の隙間から、ぞろぞろと其処《そこ》へ姿を現はすのです。思ひ思ひの羅綾*を纏ひ、思ひ

思ひの搔頭《そうとう》*を翳《かざ》した各々の寵姫の背後には、いづれも双鬟《そうかん》*の美少年が、左右に二人づゝ扈従《こしよう》*しながら、始終柄《え》の長い絳紗*の団扇《うちわ》で、彼等の紅瞼*に微風の漣《さざなみ》を送つて居ます。彼等は七人の女王の如く、光り耀く驕笑を浮べて、貴公子の周囲に彳立《てきりつ》*したまゝ、互ひに顔を見合はせて、いつ迄でも黙つて居ます。黙つて居れば黙つて居る程、彼等の美貌は一と際鮮やかに照り渡り、いかほど慾に眼の晦んだ人買ひでも、思はず知らず恍惚とせずには居られません。暫《しばら》く茫然として、讃嘆の瞬きを続けた後、漸く我に復《かえ》つた人買ひは、顧みて自分の売り物の哀れさ醜さに心付くと、挨拶もそこそこに、這《ほ》ふ這《ほ》ふの体で邸を逃げ出してしまひます。其の後ろ影を見送りながら、主人の貴公子は張り合ひのない顔つきをして、がつかりしたやうに、再び臥《ね》ころんでしまふのでした。

★　★　★　★

やがて、其の年の夏が暮れ、秋が老《ふ》けて、十月朝《じえちよう》*の祭も終り、孔夫子《こんふうつう》*の聖誕も過ぎてしまひましたが、彼の頭に巣喰つて居る倦怠と幽鬱とは、依然として晴れる機会がありません。「うら若さ」を頼みにして居る貴公子も、いよ〳〵来年は二十五歳になるかと思へば、房々とした鬢髪の色つやまでが、だんだん衰へて来るやうに感ぜられます。気分が塞げば塞ぐほど、心が淋しくなればなるほど、享楽に憧れ、昂奮を求める胸中のもどかしさは益《ます》

〵《ます》募つて、旨くもない酒を飲んだり、可愛くもない女を嬲《なぶ》つたり、十日も二十日も長夜の宴を押し通して、沸き返るやうな馬鹿騒ぎを催したり、いろいろ試して見ますけれど、さつぱり利き目はありませんでした。それで結局は、あの獏《ばく》*と云ふ獣のやうに、阿片を吸つて夢を喰《くら》つて、荒唐無稽な妄想の雲に囲繞《いにょう》されつゝ、終日《ひもすがら》ぼんやりと、手足を伸ばして居るより外はなかつたのです。

貴公子の眉の曇りは晴れやらぬまゝに、とうとう其の年が明けて、のどかな迎春の季節となりました。此の時分、大清の王化は洽《あまね》く支那の全土に行き渡り、上に英明*の天子を戴いた十八省*の人民は、鼓腹撃壌《こふくげきじょう》*の泰平に酔うて、世間が何となく、陽気に浮き立つて居ましたから、正月の南京の町々は近来にない賑やかさです。ちやうど一月の十三日——所謂上燈《いわゆるしゃんてん》*の日から十八日の落燈《ろてん》*の日まで、六日の間を燈夜《てんやー》*と唱へて、毎年戸々の家々では夜な夜な門前に燈籠を点じ、官庁や富豪の邸宅などは、楼上高く縮緬《ちりめん》の幔幕を張り綵燈《さいとう》*を掲げて、酒宴を設け糸竹*を催します。又、市中目貫きの大通りには、恰《あたか》も日本で大阪の夏の町筋を見るやうに、往来の片側から向う側の軒先へ、木綿の布を掩ひ渡して燈棚《てんぽん》を造り、其れに紅白取り取りの燈籠をぶら下げます。さうして街上到る所に寄り集《つど》うた若者は、法華*の信者がお会式《えしき》*の万燈を担ぐやうに、龍燈馬燈獅子燈*などを打ち振り打ち振り、銅鑼を鳴らし金鑼*を叩いて練り歩くのです。しかし、此のお祭りの最中にも、例の貴公子の顔つきばかりは相変らず沈み勝ちで、少しも冴え冴えとする様子がありません。

上燈《しやんてん》の晩から二三日過ぎた、或る日の夕方のことでした。貴公子は眺望のいゝ南面の露台に出て、榻《とう》*に凭《もた》れながら、いつもの通り銀の煙管で阿片をすぱすぱと吸つて居ました。ちやうど其処からは、市街の雑沓《ざつとう》が手に取るやうに瞰《み》おろされ、今しも一斉に明りを入れた幾百千の燈籠は、白銀《はくぎん》のやうな夕靄《ゆうもや》の中にぎらぎらと流れて、たそがれの舗面を鱗のやうに光らせて居ます。とある広小路の四つ角には、急拵への戯台*が出来て、旗を掲げ幟《のぼり》を飜し、けばけばしい扮装をした二人の俳優が、奏楽の音につれながら数番の倣戯《つおーひー》*を演じて居ます。長い間戸外の空気に遠ざかつて、宮殿の奥に蟄居《ちつきよ》して居た貴公子の眼には、ふと、此れ等の光景が、一種異様な、云はゞ珍しい外国の都に来たやうな、奇妙な感じを起させたのでありませう、――それとも又、阿片の煙に酔ひしれて、途方もない幻覚を摑んだのでもありませう、彼はいつの間にか手に持つて居た煙管を置いて、露台の欄杆《らんかん》に頬杖をついたまゝ、見るとはなしに巷の騒ぎを視詰めて居るのです。折柄其処へ通りかゝつた参々伍々の群集は、いづれもおどけた仮装行列の隊を組んで、恰《あたか》も貴公子の憂愁を慰めるやうに、一と際高く足拍子を蹈み歓呼の声を放ちました。続いて後から、さま〴〵な魚鳥の形に擬《なぞら》へた燈籠を翳《かざ》しながら、所謂行燈《いわゆるひんてん》*の一団がやつて来ます。其の時、貴公子の視線は、一つの不思議な人影の上に注がれて、長い間熱心に、其れを追ひかけて居るやうでした。其の男は、頭に天鵞絨《びろうど》の帽子を冠り、身に猩々緋《しようじようひ》*の羅紗の外套を纏ひ、足には真黒な皮の靴を穿《は》いて、一匹の驢馬《ろば》に轎《きよう》*を曳かせて来るのです。さうして、折角の靴も帽子も外套も、長途の旅に綻《ほころ》びたものか、ところ〴〵穴が明いたり、色が褪《あ》せたりして居ます。彼の前には、数十人の行燈《ひんてん》の人々が、五六間もあらうと云ふ大きい眼ざましい龍燈を担ぎながら、数十梃の蠟燭を燃やして、えいやえいやと進んで行きますが、此の龍燈の一群と、其の男とは何の関係もないらしく、彼は時々立ち止まつて、さもさも疲労したやうな溜息を洩らしつゝ、往来の喧囂《けんごう》*を眺めて居ます。初めのうちは、仮装行列の隊伍に後れた一人のやうに見えましたけれど、だんだん貴公子の邸の傍へ近づくに随ひ、驢馬や轎車*を従へて居る風体が、どうも其れとは受け取れません。且《かつ》其の男は、啻《ただ》に服装ばかりでなく、皮膚や毛髪や瞳の色まで、全く普通の人間と類を異にして居るのでした。

「……あれは多分、西洋の人種に違ひあるまい。恐らく南洋の島国から漂泊して来た、阿蘭陀《オランダ》人か何かであらう。」

貴公子はさう思ひました。尤《もつと》も、其の頃は南京の町に、折々欧人の姿を見かける時代*でしたが、斯う云ふ祭の最中に、而も行列の人波に揉まれながら、素晴らしく眼に立つ風俗をして、くたびれた足を引き擦つて、乞食の如くさまようて居る其の男の挙動には、どうしても不審を打たずには居られません。さうして猶更《なおさら》不思議な事には、ちやうど露台の真下へ来かゝると、彼は突然歩みを止めて、例のびろうどの帽子を脱いで、恭《うやうや》しく楼上の貴公子に挨拶をするのです。

見ると、その男は、驢馬に曳かせた車の方を指さしながら、貴公子に向つて、何か頻《しき》りにしやべつて居ます。

「此の車の轎の中には、南洋の水底《みなぞこ》に住む、珍しい生物が這入《はい》つて居ます。私はあなたの噂を聞いて、遠い熱帯の浜辺から、人魚*を生け捕つて来た者です。」

表の騒ぎが激しい為めに、はつきりとは聞き取れませんが、彼は覚束《おぼつか》ない支那語を操つて、斯う云ふ意味を語つて居るのでした。

何となく耳馴れない、をかしな訛りのある西人*の唇から、「人魚」と云ふ言葉を聞いた時、貴公子は自分の胸が、我知らずときめくやうに感じました。彼は勿論、生れてから一遍も人魚と云ふ者を見た事はありません。けれども、今図《はか》らずも南洋の旅人の口から、「人魚」と云ふ支那語が、一種特有な Umlaut* を以て発音されると、其れに一段の神秘な色が籠つて居るやうに思はれたのです。

「これ、これ、誰か表へ行つて、彼処に立つて居る紅毛の異人を、急いで邸へ呼び入れてくれ。」

貴公子は例になくあわたゞしい口吻で、近侍の姣童*に云ひつけました。

程なく、驢馬は貴公子の邸内深く引き込まれ、第一の大門*を入り、第二の儀門《にいもん》*を潜り、後庭の樹林泉石*の門を繞《めぐ》つて、昼を欺く紅燈の光を湛へた、内庁《ぬいでん》*の石階のほとりに据ゑられました。貴公子はいつものやうに、七人の寵姫を身辺に侍らせながら、廊下の端近く倚子を進めると、其れを見た異人は再び恭《うやうや》しく地に跪《ひざまず》き、支那流の作法に依つて稽首*の礼を行うた後、又もあやしい発音で、たどたどしく語り始めるのです。

「私《わたくし》が此の人魚を獲《え》たのは、広東の港から幾百海里を隔てゝ居る、蘭領の珊瑚《さんご》島*の附近でした。或る日私は、其処へ真珠を採りに行つて、思ひがけなく真珠よりももつと貴い、美しい人魚を得たのです。人は真珠を恋することは出来ませんが、いかなる人でも人魚を見たら、彼の女を恋せずには居られません。真珠には冷やかな光沢があるばかりです。しかし人魚は妖麗な姿の内に、熱い涙と暖かい心臓と神秘な智慧《ちえ》とを蔵して居ます。人魚の涙は真珠の色より幾十倍も浄らかです。人魚の心臓は珊瑚の玉より幾百倍も赤うございます。人魚の智慧は、印度の魔法使ひよりも不思議な術を心得て居ます。人間の測り知られぬ通力を持ちながら、彼女はたま〳〵背徳の悪性を具《そな》へて居る為めに、人間よりも卑しい魚類に堕《おと》されました。さうして青い青い海の底を游《およ》ぎながら、常に陸上の楽土に憧れ、人間の世界を慕うて、休む暇なく嘆き悶えて居るのです。其の證拠には、人は誰でも彼《あ》の美しい人魚の顔に、幽鬱な憂の影を認める事が出来ませう。……」

斯う云つた時、異人は不自由な人魚の身の上を憐むが如く、自分も亦《また》うら悲しげな表情を浮べました。

貴公子は人魚を見せられる前に、先づ其の異人の容貌に心を動かされたやうでした。彼は今迄、西洋人と云ふものを未開の種族と信じて居たのに、此の、乞食のやうな蛮夷*の顔を、つく〴〵と眺めれば眺める程、其処に気高い威力が潜んで居て、何となく自分を圧《お》さへつけるやうに覚えたのです。其の異人の持つて居る緑の瞳は、さながら熱帯の紺碧の海のやうに、彼の魂を底知れぬ深みへ誘ひ入れます。又、その異人の秀いでた眉と、広い額と、純白な皮膚の色とは、美貌を以て任じて居る貴公子の物よりも、遥かに優雅で、端正で、而も複雑な暗い明るい情緒の表現に富んで居るのです。

「一体お前は、誰から私の噂を聞いて、はるばる南京へやつて来たのだ。」

異人が物語る人魚の話を、暫く恍惚として聴き入つた後、貴公子は斯う尋ねました。

「私はつい此の間、媽港《まこう》*の街をさまようて居る際に、或る知り合ひの貿易商から、始めて其れを聞いたのです。若し其の以前に知れて居たなら、恐らくあなたはもつと早く、私の人魚を御覧になる事が出来たでせう。私は此の珍しい売り物を携へて、凡そ半年ばかりの間、亜細亜《アジア》の国々の港と云ふ港を遍歴しましたが、何処の商人も、何処の貴族も、決して此れを購《あがな》はうとはしませんでした。或る者は値段が余り高過ぎると云つて、臀込みをします。なぜと云ふのに、人魚の代価は亜拉比亜《アラビア》*の金剛石*七十箇、交趾《コーチ》支那*の紅宝石*八十箇、其れに安南*の孔雀九十羽と暹羅《シャム》*の象牙百本でなければ、取り易《か》へる訳に行かないのです。又或る者は、人魚の恋が恐ろしさに、竦毛《おぞけ》を慄《ふる》つて逃げてしまひます。なぜと云ふのに、昔から人間が人魚に恋をしかけられれば、一人《いちにん》として命を全うする者はなく、いつとはなしに怪しい魅力の罠《わな》に陥り、身も魂も吸ひ取られて、何処へ行つたか人の知らぬ間に、幽

霊の如く此の世から姿を消してしまふのです。ですから、金と命とを惜しがる人は、容易に私の売り物へ手を着ける事が出来ません。私は折角、稀世の珍品を手に入れながら、誰にも相手にされないで、長い間徒労な時と徒労な旅とを続けました。若しも媽港の商人から、あなたの噂を聞かなかつたら、もう少うしで私は大事な商品を、持ち腐れにする所でした。其の商人の話に依ると、私の人魚を買ひ得る人は、南京の貴公子より外にはない。其の人は今、歓楽の為めに巨万の富と若い命とを抛《なげう》たうとして、抛つに足る歓楽のないのを恨んで居る。其の人はもう、地上の美味と美色とに飽きて、現実を離れた、奇《く》しく怪しい幻の美を求めて居る。其の人こそは必ず人魚を買ふであらうと、彼は私に教へたのです。」

異人は相手が、自分の品物を買ふか買はぬかと云ふ事に就いて、少しも危惧を感じて居ないやうでした。彼は貴公子の心を見抜いて居るやうな、確信のある言葉を以て語つたのです。而もさう云ふ彼の態度は、相手に何等の反感を与へなかつたのみならず、寧《むし》ろ止み難い焦憬の念をさへ起させました。貴公子は、彼の説明を聴かされて居るうちに、此の男から必ず人魚を購ふべく、命令されて居るやうな気になりました。自分が此の男から人魚を買ふのは、予定の運命であるかのやうに覚えました。

「其の商人の云つた事は真実だ。私はお前が、媽港の人から聞いた通りの人間だ。お前が私を捜したやうに、私もお前を捜して居た。お前が私を信ずるやうに、私もお前を信じて居る。私はお前の売り物を一応検分する迄もなく、お前が先《さつき》云うた代価で、今直ぐ人魚を買ひ取つて上げる。」

貴公子の此の言葉は、彼自身ですらハツキリと意識しない内に、胸の底から込み上げて来て、思はず彼の唇に上つたのです。さうして見る間に、約束通りの金剛石と紅宝石と孔雀と象牙とが、或は五庫の匱《ひつ》の中から、或は苑囿《えんゆう》*の檻の中から、庭前へ持ち運ばれて、石階の下《もと》に堆《うずたか》く積まれました。異人は今更、貴公子の富の力に驚いたやうな素振もなく、静かに其れ等の宝物の数を調べた後、車上の轎の布簾を掲げて、其処に淋しく鎖《とざ》されて居た、囚はれの身の人魚の姿を示しました。

彼の女は、うつくしい玻璃製の水甕《みずがめ》の裡に幽閉せられて、鱗を生やした下半部を、蛇体のやうにうねうねとガラスの壁《へき》へ吸ひ着かせながら、今しも突然、人間の住む明るみへ曝《さら》されたのを恥づるが如く、項《うなじ》を乳房の上に伏せて、腕《かいな》を背後の腰の辺《あたり》に組んだまゝ、さも切なげに据わつて居るのでした。ちやうど人間と同じくらゐな身の丈を持つ彼の女の体を、一杯に浸した甕の高さは、四五尺程もあるでせう。中には玲瓏*とした海の潮が満々と充たされて、人魚の喘《あえ》ぐ度毎に、無数の泡が水晶の珠玉の如く、彼の女の口から縷々《るる》*として沸々として水面へ立ち昇ります。その水甕が四五人の奴婢《ぬひ》に舁《かつ》がれて、車の上から階上の内庁《ぬいでん》の床に据ゑられると、室内を照らす幾十燈の燭台の光は、忽ち彼の女の露《あら》はな肉体に焦点を凝らせて、いやが上にも清く滑かな人魚の肌は、さながら火炎の燃ゆるやうに、一層眩く鮮やかに輝きました。

「私は此れ迄、心私《ひそ》かに自分の博い学識と見聞とを誇つて居た。昔から嘗《かつ》て地上に在つたものなら、如何《いか》に貴い生き物でも、如何に珍らしい宝物でも、私が知らないと云ふ事はなかつた。しかし私はまだ此れ程美しい物が、水の底に生きて居ようとは、夢にも想像した事がない。私が阿片に酔つて居る時、いつも眼の前へ織り出される幻覚の世界にさへも、此の幽婉*な人魚に優る怪物は住んで居ない。恐らく私は、人魚の値段が今支払つた代価の倍額であらうとも、きつとお前から其の売り物を買ひ取つたゞらう。……」

斯う云つたゞけでは、まだ貴公子は自分の胸に溢れて居る無限の讃嘆と驚愕とを、充分に云ひ表はす事が出来ませんでした。なぜと云ふのに、彼は今、自分の前に運び出された冷艶にして悽愴な、水中の妖魔を見るや否や、一瞬間に体中の神経が凍り付くやうな、強い、激しい、名状し難い魂の竦震*を覚えたからです。さうして、いつ迄もいつ迄も、死んだやうに総身を硬張《こわば》らせて彳立したまゝ、燦爛《さんらん》たる水甕の光を凝視して居るうちに、訝しくも彼の瞳には、感激の涙が忍びやかに滲《にじ》み出て来ました。彼は久し振りで、長らく望んで居た昂奮に襲はれたのです。有頂天の歓喜に蘇生《よみがえ》ることが出来たのです。彼はもう昨日までの、張り合ひのない、退屈な月日を喞《かこ》つ人間ではなくなりました。彼は再び、豊かな刺戟に鞭撻《むちう》たれつゝ、生の歩みを進めて行ける、心境に置かれたのでした。

「……私は地上の人間に生れる事が、此の世の中での一番仕合はせな運命だと思つて居

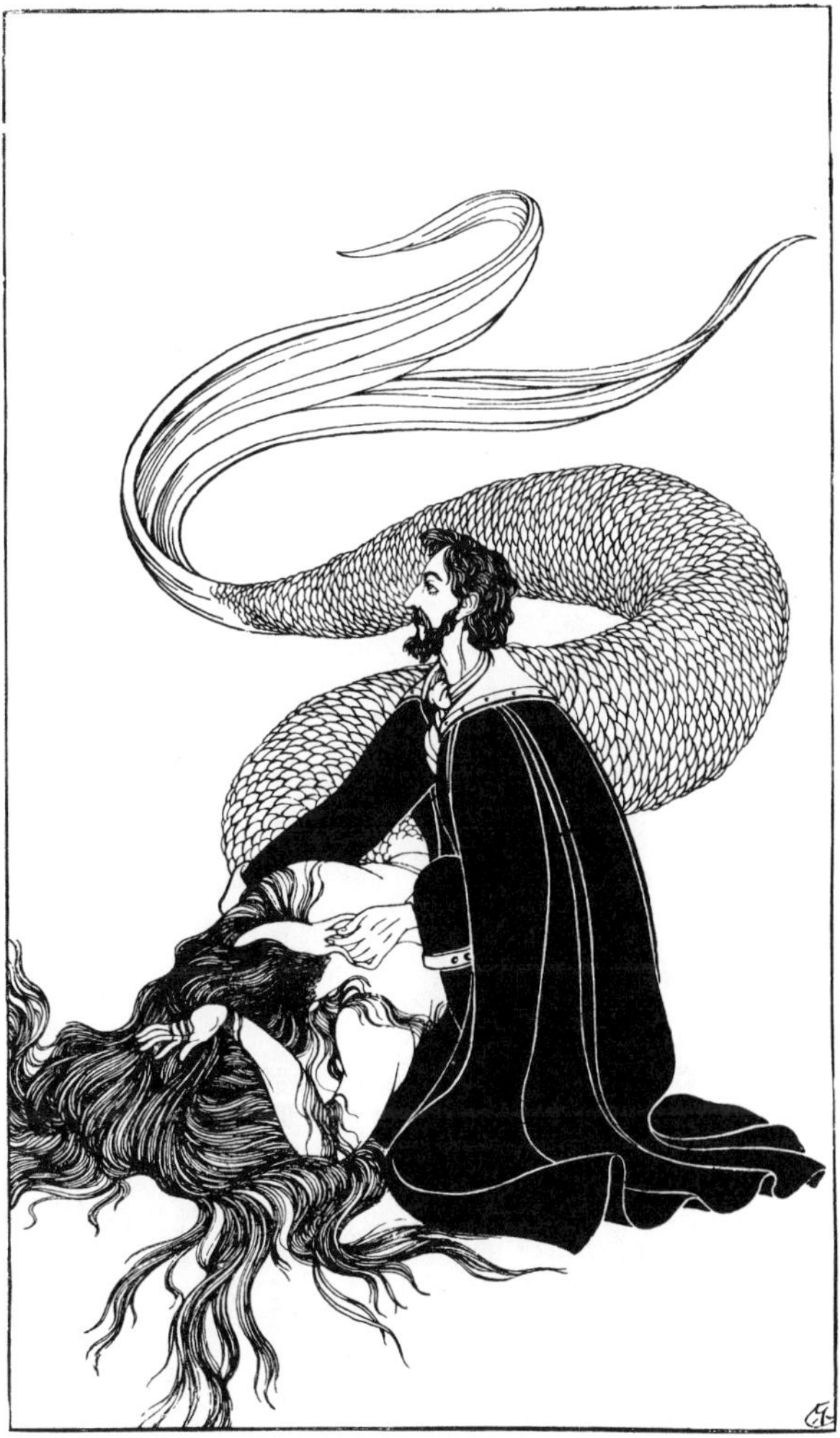

た。けれども大洋の水の底に、斯く迄微妙な生き物の住む不思議な世界があるならば、私は寧ろ人間よりも人魚の種属に堕落したい。あの瑰麗《かいれい》*な鱗の衣《きぬ》を腰に纏うて、此のやうな海の美女《たおやめ》と、永劫の恋を楽みたい。――此の美女《たおやめ》の涼しい眸《ひとみ》や、濃い黒髪や、雪白の肌に比べると、私の座右に仕へて居る七人の妾たちは、まあ何と云ふ醜い、卑しい姿を持つて居るのだらう。何と云ふ平凡な、古臭い容子をして居るのだらう。」

さう云つた時、人魚は何と思つたか、ゆらりと尾鰭を振り動かして、俯向けて居た顔を擡《もた》げながら、貴公子の姿をしげ〲と見守りました。

博学な貴公子の鑑識は、書画骨董や工藝品ばかりでなく、支那に古くから伝はつて居る観相術にも精通して居ましたが、彼は今漸く人魚の容貌を眺めて、其の骨相を案ずるのに、到底自分の習ひ覚えた学問の範囲では、判断する事が出来ないやうな稀有《けう》な特長を発見しました。彼の女は成る程、絵に画いた人魚のやうに、魚《さかな》の下半身と人間の上半身とを持つて居るには違ひありません。けれども其の上半身の人間の部分、――骨組みだの、肉附きだの、顔だちだの、其れ等の局所を一々詳細に注意すると、日常自分たちが見馴れて居る地上の人間の体とは、全く調子を異にして居るのです。彼が修得した観相術*の智識は、其処に応用の余地がない程、彼の女の輪廓は普通の女と趣を変へて居るのです。たとへば彼の女の、極度に妖婉*な瞳の色と形とは、彼が知つて居る人相学の如何なる種類にも適合しません。その瞳は、ガラス張りの器に盛られた清洌な水を透して、恰も燐のやうに青く大きく輝いて居ます。どうかすると、眼球全体が、水中に水の凝固した結晶体かと疑はれるほど、淡藍色に澄み切つて居ながら、底の方には甘い涼しい潤《うる》ほひを含んで、深い深い魂の奥から、絶えず「永遠」を視詰めて居るやうな、崇厳な光を潜ませて居ます。其処には人間の如何なる瞳よりも、幽玄にして杳遠《ようえん》*な暈影《うんえい》*が漂ひ、朗麗*にして哀切な曜映*がきらめいて居ます。それから又、彼の女の眉と鼻の形状は、一層気高い、一層異常な、「美」を構成して居るやうに感ぜられました。それ等の眉や鼻は、支那の人相学で貴ばれる新月眉*とか、柳葉《りゆうよう》眉*とか、伏犀《ふくさい》鼻*とか、胡羊《こよう》鼻*とか云ふ物とは、何処かしら様子が違つて居ます。けれども其処には習慣的な「美」を超絶した、人間よりも神に近い美しさがあるのです。因襲的な「円満」を通り越した、生滅者に対する不滅の円満があるのです。さうして彼の女が長い項《うなじ》をものうげに動かす時、暗緑色の髪の毛は海藻のやうに顫《ふる》へ悶えて、柔かい波の底を揺《ゆら》ぎさまよひ、或ひは渾沌とした雲霧の如く彼の女の額に降りかゝり、或ひは絢爛な孔雀の尾の如く上方へ延び拡がります。彼の女の持つて居る「円満」は、啻《ただ》に彼の女の容貌の上にあるばかりでなく、人間の形を成して居る肉体の総べての部分に認める事が出来ました。頸から肩、肩から胸へ続いて行く曲線の優雅な起伏、模範的な均整を持つ両腕のしなやかさ、豊潤なやうで程よく引き緊まつた筋肉の、伸縮し彎屈する度毎に、魚類の敏捷と、獣類の健康と、女神の嬌態とが、奇怪極まる調和を作つて、五彩の虹の交錯したやうな幻惑を起させます。就中《なかんずく》、最も貴公子の眼を驚かし、最も貴公子の心を蕩《とろ》かしたものは、実に彼の女の純白な、一点の濁りもない、皓潔《こうけつ》*無垢な皮膚の色でした。白いと云ふ形容詞では、とても説明し難いほど真白な、肌の光沢でした。其れは余りに白過ぎる為めに、白いと云ふより「照り輝く」と云つた方が適当なくらゐで、全体の皮膚の表面が、瞳のやうに光つて居るのです。何か、彼の女の骨の中に発光体が隠されて居て、皎々《こうこう》*たる月の光に似たものを、肉の裏から放射するのではあるまいかと、訝しまれる程の白さなのです。而も近づいて熟視すれば、此の霊妙な皮膚の上には、微かな無数の白毫《びやくごう》*のむ、く毛が、鬖々《さんさん》*と生えて旋螺《せんら》*を描き、其の末端にさながら魚の卵のやうな、眼に見えぬ程の小さな泡が、一つ一つに銀色の玉を結んで、宝石を鏤《ちりば》めた軽羅*の如く、彼の女の総身を掩うて居ます。

「貴公子よ、あなたは私の予期以上に、人魚の価値を認めて下さいました。あなたのお蔭で、私は充分な報酬を得、一朝にして巨万の富を手に入れる事が出来ました。私は人魚を売つた代りに、此れ等の東洋の宝物を車に積んで、再び広東の港へ帰る積りです。さうして其処から汽船に乗つて、遠い西洋の故郷へ戻ります。私の国では、ちやうどあなたが人魚を珍重なさるやうに、此れ等の宝物を珍重する人が沢山あるのです。――私が最後の願ひとして、どうぞ人魚に別れの接吻を与へさせて下さい。」

斯う云ひながら、異人が水甕の縁に寄り添ふと、水中に水銀の躍るが如く、人魚はする〳〵と上半身を表面へ露出して、両手に異人の項を抱へたま丶、頬を擦り寄せて暫く潸然《さんぜん》と涙を流す様子です。其の涙は、睫毛の端から頤へ伝はり、滴々とこぼれ落ちる間に、麝《じゃ》香《こう》*のやうな馥郁《ふくいく》たる薫りを、部屋の四方へ放ちました。

「お前は人魚が惜しくはないか。あれだけの値で私に売つたのを、今更後悔しては居ないか。お前の国の人たちは、なぜ人魚より宝石の方を珍重するのだらう。お前はどうして、此の人魚を自分の国へ持つて帰らうとしないのだらう。」

貴公子は、利慾の為めに美しい物を犠牲に供して顧みない、卑しい商人根性を嘲るやうな句調で云ひました。

「成る程あなたがさう仰つしやるのは御尤もです。しかし西洋の国々では、人魚はそんなに珍しい物ではありません。私の国は欧羅巴《ヨーロッパ》の北の方の、阿蘭陀《オランダ》と云ふ所ですが、私の生れた町の傍を流れて居るライン河*の川上には、昔から人魚が住むと云ふ話*を、子供の時分に聞いた事がありました。彼の女は時とすると、人間のやうな下半身を持ち、或ひは鳥のやうな両足を具へて、地中海の波の底にも大陸の山林水沢の間にも、折々形を現して人間を惑はす事があるのです。私の国の詩人や絵師*は、絶えず彼の女の神秘を歌ひ、姿態を描いて、人魚の媚笑のいかになまめかしく、人魚の魅力のいかに恐ろしいかを、我れ我れに教へて居ます。それ故欧羅巴では、人魚ならぬ人間までも、ひたすら彼の女の艶容を学んで、多くの女が孰《いず》れも人魚と同じやうな、白い肌と、青い瞳と、均整な肢体の幾分づゝを具備して居ます。若し貴公子が其れをお疑ひなさるなら、試みに私の顔と皮膚の色とを御覧なさい。取るに足らない私のやうな男でも、西洋に生れた者は、必ず何処かに、此の人魚と共通な優雅と品威とを持つて居るでせう。」

貴公子は異人の言葉を、否定する事が出来ませんでした。いかにも彼の云ふ通り、人魚と彼とは、容貌のうちに相似た特質のあることを、疾《と》うから貴公子は心付いて居たのでした。讃嘆の程度こそ違へ、彼は人魚に魅せられたやうに、此の異人の人相にも少からず感興を唆《そそ》られて居たのです。其の男には人魚のやうな、円満と繊妍*とがない迄も、やがて其処へ到達し得る可能性が含まれて居るのです。其の男は、支那の国土に住んで居る、黄色い肌と、浅い顔とを持つた人間に比較して、寧ろ人魚の種属に近い生き物らしく思はれました。小さな汽船で、世界中の大洋を乗り廻す西洋人は兎も角も、其の頃まで地の表面を「時間」と等しく無限な物と信じて居た東洋の人間には、千里二千里の土地を行くのが、殆《ほと》んど百年二百年の時を生きるのと同じやうに、難事であると考へられて居たのでした。まして亜細亜《アジア》の大国に育つた貴公子は、流石《さすが》に好奇心の強い性癖を持ちながら、遥かな西の空にある欧羅巴《ヨーロッパ》と云ふ所を、鬼か蛇の棲む蛮界のやうに想像して、つひぞ此れ迄海外へ出て見ようなど丶思つた事はなかつたのです。然《しか》るに今、生れて始めて、しみ〴〵と西洋人の風貌に接し、其の郷国の模様を聴いて、どうして其の儘《まま》黙つて居る事が出来ませう。

「私は西洋と云ふところを、そんなに貴い麗はしい土地だとは知らなかつた。お前の国の男たちが、悉くお前のやうな高尚な輪廓を持ち、お前の国の女たちが、悉く人魚のやうな

白皙《はくせき》の皮膚を持つて居るなら、欧羅巴は何と云ふ浄い、慕はしい天国であらう。どうぞ私を人魚と一緒に、お前の国へ連れて行つてくれ。さうして其処に住んで居る、優越な種属の仲間入りをさせてくれ。私はもう支那の国に用はないのだ。南京の貴公子として世を終るより、お前の国の賤民となつて死にたいのだ。どうぞ私の頼みを聴いて、お前の乗る船へ伴つてくれ。」

貴公子は熱心のあまり、異人の足下に跪《ひざまず》いて外套の裾を捕へながら、気が狂つたやうに説き立てました。すると異人は、薄気味の悪い微笑を洩らして、貴公子の言葉を遮つて云ふのに、

「いや〱私は、寧ろあなたが南京に留まつて、出来るだけ長く、出来るだけ深く、哀れな人魚を愛してやる事を、あなたの為めに望みます。たとへ欧羅巴の人間が、いか程美しい肌と顔とを持つて居ても、彼等は恐らく、此の水甕の人魚以上にあなたを満足させる事は出来ますまい。此の人魚には、欧羅巴人の理想とする凡《す》べての崇高と、凡べての端麗とが具体化されて居るのです。あなたは此処に、此の生き物の姚冶《ようや》*な姿に、欧羅巴人の詩と絵画との精髄を御覧になる事が出来るのです。此の人魚こそは欧羅巴人の肉体が、あなたの官能を楽しませ、あなたの霊魂を酔はせ得る、『美』の絶頂を示して居ります。あなたは彼の女の本国へ行つても、此れ以上の美を求めることは出来ないでせう。………」

其の時、異人は何と思つたか、眉宇の間に悲しげな表情を浮べて、嗟嘆*するやうな調子に

なつて、急に話頭を転じました。

「さうして私はくれ〴〵も、あなたの幸福と長寿とを祈ります。私はあなたが、既に彼の女を恋して居る事を知つて居るのです。人魚の恋を楽しむ者には早く禍が来ると云ふ、私の国の伝説を、あなたが実際に打ち破つて下さる事を祈るのです。私は人魚の代償として、あなたの大切な命までも戴かうとは思ひません。若しも私が、再び亜細亜《アジア》の大陸を訪問する日のあつた時、幸ひあなたにお目に懸れたら、其の折にこそ私はあなたをお連れ申して上げませう。………けれども其れは、………けれども其れは、………私はあなたがお気の毒でならないやうな気がします。」

云ふかと思ふと、異人は又も慇懃《いんぎん》な稽首の礼を施して、人魚の代りに山の如く積み上げた宝物の車を、以前の驢馬に曳かせながら、庭前の闇へ姿を消してしまひました。

★　★　★　★

貴公子の邸は、人魚が買はれてから俄かにひつそりと静かになりました。七人の妾は自分たちの綉房に入れられたきり、主人の前へ召し出される機会を失ひ、夜な夜な楼上楼下を騒がせた歌舞宴楽の響きも止んで、宮殿に召し使はれる人々は皆溜息をつくばかりです。

「あの異人は何といふ忌ま忌ましい、胡乱《うろん》*な男だらう。さうして何と云ふ奇体な魔物を売り付けて行つたのだらう。今に何かしら間違ひがなければいゝが。」

彼等は互ひに相顧みて囁《ささや》き合ひました。誰一人も、水甕の据ゑてある内房の帳を明けて、人魚の傍へ近寄る者は居ませんでした。

近寄る者は主人の貴公子ばかりなのです。ガラスの境界一枚を隔てゝ、水の中に喘《あえ》ぐ人魚と、水の外に悶える人間とは、終日、黙々と差し向ひながら、一人は水の外に出られぬ運命を嘆き、一人は水の中に這入られぬ不自由を怨んで、さびしくあぢきなく時を送つて行くのでした。折々、貴公子は遣る瀬なげにガラスの壁の周囲を廻つて、せめては彼の女に半身なりとも、甕《かめ》の外へ肌を曝《さら》してくれるやうに頼みます。しかし人魚は、貴公子が近寄れば近寄るほど、ますます固く肩を屈めて、さながら物に怖ぢたやうに水底《みなぞこ》へひれ伏してしまひます。夜になると、彼の女の眼から落つる涙は、成る程異人の云つたやうに真珠色の光明を放つて、暗黒な室内に蛍の如く瑩々《えいえい》*と輝きます。その青白いあかるい雫が、点々とこぼれて水中を浮動する時、さらでも夭姣《ようこう》*な彼の女の肢体は、大空の星に包まれた嫦《じょう》娥《が》*のやうに浄く気高く、夜陰の鬼火に照らされた幽霊のやうに凄く呪《のろ》はしく、惻々として貴公子の心に迫りました。

或る晩の事でした。貴公子はあまりの切なさ悲しさに、熱燗の紹興酒*を玉琖*に注いで、腸《はらわた》を焼く強い液体の、満身に行き渡るのを楽しんで居ると、其の時まで水中に海鼠《なまこ》の如く縮まつて居た人魚は、暖かい酒の薫りを恋ひ慕ふのか、俄かにふわりと表面へ浮かび上つて、両腕を長く甕の外へ差し出すのです。貴公子が試みに、手に持つた酒を彼の女の口元へ寄せるや否や、彼の女は思はず我を忘れて真紅の舌を吐きながら、海綿のやうな唇を杯の縁に吸ひ着かせたまゝ、唯《ただ》一と息に飲み干してしまひました。さうして、たとへばあの、ビアヅレエ*の描いた、“The Dancer’s Reward”*と云ふ画題の中にあるサロメ*のやうな、悽惨な苦笑ひを見せて、頻りに喉を鳴らしつゝ、次ぎの一杯を促すのです。

「それ程お前が酒を好むなら、私はいくらでも飲ませてやる。冷かな海の潮に漬つて居るお前の血管に、激しい酔が燃え上つたら、定めしお前は一層美しくなるであらう。一層人間らしい親しみと愛らしさとを示してくれるだらう。お前を私に売つて行つた和蘭《オランダ》人の話に依ると、お前は人間の測り知られぬ神通力を具へて居ると云ふではないか。お前には背徳の悪性があると云ふではないか。私はお前の神通力を見せて貰ひたいのだ。お前の悪性に触れたいのだ。お前がほんたうに不思議な魔法を知つて居るなら、せめては今宵一と夜なりとも人間の姿に変つてくれ。お前が実際放肆《ほうし》*な情欲を持つて居るなら、どうぞ其のやうに泣いて居ないで、私の恋を聴き入れてくれ。」

貴公子が斯う云ひながら、杯の代りに自分の唇を持つて行くと、窈渺《ようびょう》*たる人魚の眉目は鏡に息のかゝつたやうに忽ち曇つて、

「貴公子よ、どうぞ私を赦《ゆる》して下さい。私を憐んで赦して下さい。」

と、突然明瞭な人間の言語を発しました。

「………私は今、あなたが恵んで下すつた一杯の酒の力を借りて、漸《ようよ》う人間の言葉を語る通力を恢復しました。――私の故郷は、和蘭人の話したやうに、欧羅巴の地中海にあるのです。あなたが此の後、西洋へ入らつしやることがあるとしたら、必ず南欧の伊太利《イタリア》と云ふ、美しいうちにも殊に美しい、絵のやうな景色の国をお訪ねなさるでせう。その折若し、船に乗つてメッシナの海峡*を過ぎ、ナポリ*の港の沖合をお通りになる事があつたら、其の辺こそ我れ我れ人魚の一族が、古くから棲息して居る処なのです。昔は船人が其の近海を航すると、世にも妙《たえ》なる人魚の歌が何処からともなく響いて来て、いつの間にやら彼等を底知れぬ水の深みへ誘ひ入れた*と申します。――私は斯くもなつかしい自分の住み家を持ちながら、ちやうど去年の四月の末、暖かい春の潮に乗せられて、ついうかうかと南洋の島国まで迷うて来たのです。さうして、とある浜辺の椰子の葉蔭に鰭《ひれ》を休めて居る際に、口惜しくも人間の獲物となつて、亜細亜の国々の市場と云ふ市場に、恥かしい肌を曝しました。貴公子よ、どうぞ私を憐んで、一刻も早く私の体を、広々とした自由な海へ放して下さい。たとへ私が如何程の神通力を具へて居ても、窮屈な水甕の中に捕はれて居ては、どうする事も出来ないのです。私の命と、私の美貌とは、次第々々に衰へて行くばかりなのです。あなたが是非共人魚の魔法を御覧になりたいと思ふなら、どうぞ私を恋ひしい故郷へ帰して下さい。」

「お前がそのやうに南欧の海を慕ふのは、きつとお前に恋人があるからだらう。地中海の

波の底に、同じ人魚の形を持つた美しい男が、夜昼《よるひる》お前を待ち憧れて居るのだらう。さうでなければ、お前はそんなに私を厭ふ筈がない。情《つれ》なくも私の恋を振り捨てゝ、故郷へ帰る道理がない。」

貴公子が恨みの言葉を述べる間、人魚は殊勝げに瞑目*して首《こうべ》をうなだれ、耳を傾けて居ましたが、やがてしなやかな両手を伸ばしつゝ、シツカリと貴公子の肩を捕へました。

「あゝ、あなたのやうな世に珍らしい貴《あで》やかな若人を、私がどうして忌み嫌ふ事が出来ませう。どうして私が、あなたを恋せずに居られるやうな、無情な心を持つて居るでせう。私があなたに焦れて居る證拠には、どうぞ私の胸の動悸を聞いて下さい。」

人魚はひらりと尾を翻して、水甕の縁へ背を托したかと思ふ間もなく、上半身を弓の如く仰向きに反らせながら、滴々と雫の落ちる長髪を床に引き擦り、樹に垂れ下る猿のやうに下から貴公子の項を抱へました。すると不思議や、人魚の肌に触れて居る貴公子の襟頸《えりくび》は、さながら氷をあてられたやうな寒さを覚えて、見る見るうちに其処が凍えて痺《しび》れて行くのです。人魚の彼を抱き緊める力が、強くなれば強くなる程、雪白の皮膚に含まれた冷冰*の気は、貴公子の骨に沁み入り髄を徹して、紹興酒の酔に熱した総身を、忽ち無感覚にさせてしまひます。其のつめたさに堪へかねて、あはや貴公子が凍死しようとする一刹那、人魚は彼の手頸を抑へて、其れを徐ろに彼の女の心臓の上に置きました。

「私の体は魚のやうに冷かでも、私の心臓は人間のやうに暖かなのです。此れが私の、あなたを恋ひして居る證拠です。」

彼の女が斯う云つた時、ふと貴公子の掌は、一塊の雪の中に、炎々と燃えて居る火のやうな熱を感じました。ちやうど人魚の左の胸を撫で丶居た彼の指先は、その肋骨の下に轟く心臓の活気を受けて、危く働きを止めようとした体中の血管に、再び生き生きとした循環を起させました。

「私の心臓は斯く迄熱く、私の情熱は斯く迄激しく湧いて居ながら、私の皮膚は絶ゆる隙間なく、忌まはしい寒気に戦《おのの》いて居ます。さうしてたま〳〵、麗しい人間の姿を眺めても、人魚に生れた浅ましさには、宿業*の報いに依つて、其の人を愛する事を永劫に禁ぜられて居る*のです。私がいか程あなたを慕ひ憧れても、神に呪はれて海中の魚族に堕ちた身の上では、ただ煩悩の炎に狂ひ、妄想の奴隷となつて、悶え苦しむばかりなのです。貴公子よ、どうぞ私を大洋の住み家へ帰して、此の切なさと恥かしさから逃がして下さい。青いつめたい波の底に隠れてしまへば、私は自分の運命の、哀さ辛さを忘れる事が出来るでせう。此の願さへ聴き届けて下さるなら、私は最後の御恩報じに、あなたの前で神通力を現はして見せませう。」

「お丶、どうぞお前の神通力を示してくれ。其の代りには、私はどんな願ひでも聴いて上げよう。」

と、うつかり貴公子が口をすべらせると、人魚はさもさも嬉しげに、両手を合はせて幾度

か伏し拝みながら、

「貴公子よ、それでは私はもうお別れをいたします。私が今、魔法を使つて姿を変へてしまつたら、あなたは嘸《さぞ》かし其れをお悔みなさるでせう。若しもあなたが、もう一遍人魚を見たいと思ふなら、欧洲行きの汽船に乗つて、船が南洋の赤道直下を過ぎる時、月のよい晩に甲板の上から、人知れず私を海へ放して下さい。私はきつと、波の間に再び人魚の姿を示して、あなたに御礼を申しませう。」

云ふかと思ふと、人魚の体は海月《くらげ》のやうに淡くなつて、やがて氷の溶けるが如く消え失せた跡に、二三尺の、小さな海蛇が、水甕の中を浮きつ沈みつ、緑青色の背を光らせ游いで居ました。

★　★　★　★

人魚の教へに従つて、貴公子が香港からイギリス行きの汽船に搭じたのは、その年の春の初めでした。或る夜、船がシンガポールの港を発して、赤道直下を走つて居る時、甲板に冴える月明を浴びながら、人気《ひとけ》のない舷に歩み寄つた貴公子は、そつと懐から小型なガラスの壜を出して、中に封じてある海蛇を摘《つま》み上げました。蛇は別れを惜しむが如く、二三度貴公子の手頸に絡み着きましたが、程なく彼の指先を離れると、油のやうな静かな海上

を、暫らくするすると滑つて行きます。さうして、月の光を砕いて居る黄金《おうごん》の瀲波《れんぱ》*を分けて、細鱗を閃めかせつゝうねつて居るうちに、いつしか水中へ影を没してしまひました。それから物の五六分過ぎた時分でした。渺茫《びょうぼう》とした遥かな沖合の、最も眩く、最も鋭く反射して居る水の表面へ、銀の飛沫《しぶき》をざんぶと立てゝ、飛びの魚の跳ねるやうに、身を飜した精悍な生き物がありました。天上の玉兎*の海に堕ちたかと疑はれるまで、皎々と輝く妖嬈《ようじょう》*な姿態に驚かされて、貴公子が其の方を振り向いた瞬間に、人魚はもはや全身の半ば以上を煙波に埋め、双手を高く翳《かざ》しながら、「あゝ」と哎呦《がいゆう》*一声して、くるくると水中に渦を巻きつゝ沈んで行きました。

船は、貴公子の胸の奥に一縷《いちる》の望を載せたまゝ、恋ひしいなつかしい欧羅巴の方へ、人魚の故郷の地中海の方へ、次第次第に航路を進めて居るのでした。

（大正五年十二月作）

魔術師

大正六年（一九一七）一月「新小説」

私があの魔術師に会つたのは、何処《いずこ》の国の何と云ふ町であつたか、今ではハッキリと覚えて居ません。――どうかすると、其《そ》れは日本の東京のやうにも思はれますが、或る時は又南洋や南米の殖民地であつたやうな、或は支那か印度辺《へん》の船着場であつたやうな気もするのです。兎にも角にも、其れは文明の中心地たる欧羅巴《ヨーロッパ》からかけ離れた、地球の片隅に位《くらい》して居る国の都で、而《しか》も極めて殷富《いんぷ》*な市街の一廓の、非常に賑やかな夜の巷《ちまた》でした。しかしあなたが、其の場所の性質や光景や雰囲気に関して、もう少し明瞭な観念を得たいと云ふならば、まあ私は手短かに、浅草の六区*に似て居る、あれよりももつと不思議な、もつと乱雑な、さうしてもつと頽爛《たいらん》*した公園であつたと云つて置きませう。

若《も》しもあなたが、浅草の公園に似て居ると云ふ説明を聞いて、其処に何等の美しさをも懐しさをも感ぜず、寧《むし》ろ不愉快な汚穢*な土地を連想するやうなら、其れはあなたの「美」に対する考へ方が、私とまるきり違つて居る結果なのです。私は勿論、十二階の塔*の下に棲んで居る、“venal nymph”*の一群をさして、美しいと云ふのではありません。私の云ふのは、あの公園全体の空気の事です。暗黒な洞窟を裏面に控へつゝ、表へ廻ると常に明るい歓ばしい顔つきをして、好奇な大胆な眼を輝かし、夜な夜な毒々しい化粧を誇つて居る公園全体の情調を云ふのです。善も悪も、美も醜も、笑ひも涙も、凡《す》べての物を溶解して、ます〳〵巧眩*な光を放ち、炳絢《へいけん》*な色を湛へて居る偉大な公園の、海のやうな壮観を云ふのです。さうして、私が今語らうとする或る国の或る公園は、偉大と混濁との点に於いて、六区よりも更に一層六区式な、怪異な殺伐な土地であつたと記憶して居ます。

浅草の公園を、鼻持ちのならない俗悪な場所だと感ずる人に、あの国の公園を見せたなら果して何と云ふであらう。其処には俗悪以上の野蛮と不潔と潰敗*とが、溝《どぶ》の下水の澱《よど》んだやうに堆積して、昼は熱帯の白日の下に、夜は煌々《こうこう》たる燈火の光に、恥づる色なく発《あば》き曝《さら》され、絶えず蒸し蒸しと悪臭を醗酵させて居るのでした。けれども、支那料理の皮蛋《ぴいだん》の旨さを解する人は、暗緑色に腐り壊れた鶩《あひる》の卵の、胸をむかむかさせるやうな異様な匂を掘り返しつゝ、中に含まれた芳鬱《ほううつ》な渥味《あくみ》*に舌を鳴らすと云ふ事です。私が初めてあの公園へ這入《はい》つた時にも、ちやうど其れと同じやうな、薄気味の悪い面白さに襲はれました。何でも其れは初夏の夕べの、涼しい風の吹く時分だつたでせう。私が其の町のとあるカフェエで、私の恋人と楽しい会合を果たした後、互ひに腕を組み合つて、電車や自動車や人力車の繁く往き交ふアヹニユウを、睦《むつま》じさうに散歩して居る最中でした。

「ねえあなた、今夜此れから公園へ行つて見ようではありませんか。」

と、彼の女が突然、あの妖艶な大きな瞳をぱつちりと開いて、私の耳元で囁《ささや》いたのです。

「公園？　公園に何があるのさ。」

と、私は少し驚いて尋ねました。なぜと云ふのに、私は今迄、其の町にそんな公園のあつた事を知らなかつたのみならず、その時の彼の女の言葉には、何処となく胡散臭《うさんくさ》い調子が潜んで居て、云はゞ秘密な悪事でも唆《そそのか》すやうに聞えたからです。

「だつてあなたはあの公園が大好きな筈《はず》ぢやありませんか。私は初めあの公園が非常に恐ろしかつたのです。娘の癖にあの公園へ足を踏み入れるのは、恥辱だと思つて居たのです。其れがあなたを恋するやうになつてから、いつしかあなたの感化を受けて、あゝ云ふ場所に云ひ知れぬ興味を感じ出しました。あなたに会ふ事が出来ないでも、あの公園へ遊びに行けば、あなたに会つて居るやうな心地を覚え始めました。………あなたが美しいやうにあの公園は美しいのです。あなたが物好きであるやうに、あの公園は物好きなのです。あなたはよもやあの公園を、知らない筈はないでせう。」

「おゝ知つて居る、知つて居る。」と、私は思はず答へました。さうして更に斯う云ひました。「………彼処《あすこ》にはたしかいろ〳〵な、珍しい見せ物があつた筈だ。世界中の奇蹟と云ふ奇蹟の凡てが集まつて居た筈だ。彼処には古代の羅馬《ローマ》に見るやうな、アムフイセアタア*もあるだらう。スペインの闘牛もあるだらう。其れよりもゝつと突飛な、もつと妖麗な、Hippodrome*もあるだらう。それから私の大好きな、いとしい可愛いお前よりも尚大好きな活動写真*があるだらう。さうして彼《あ》の、世界中の人間の好奇心を唆かしたFantomas*やProtea*よりも、もつと身の毛の竦《よだ》つやうなフイルムの数々が白昼の幻の如くまざ〳〵と映されて居るだらう。」

「私は此の間、彼処の活動写真館で、あなたが平生耽読して居る古来の詩人藝術家の、名高い詩篇や戯曲の映画を幾巻も幾巻も見せられました。ホオマア*のイリアツド*だの、ダンテ*の地獄*の写真などは、あなたも多分御存じでせう。しかしあなたは、支那小説の西遊記*の、西梁女国《さいりようじよこく》*の艶魔*の媚笑を御覧になつた事がありませうか。又アメリカのポオ*の作つた、恐怖と狂想と神秘との、巧緻な糸で織りなされた奇《あや》しい幾個の物語が、フイルムの上に展開して、眼前に現はれて来る凄《すさまじ》さを、嘗《かつ》て想像したことがあるでせうか。“The Black Cat”*の戦慄すべき地下室の情況や、“The Pit and the Pendulum”*の暗澹たる牢獄の有様が、小説よりも更に無気味に、実際よりも更に鮮かに、強く明るく照し出される刹那の気持ちを味はつて御覧なさい。而《しか》もそれ等の幻燈劇*を、黙つて静かに見物して居る数百人の観客は、みんな悪夢に魘《うな》されたやうにビツシヨリと冷汗を掻き、女は男の腕に絡まり男は女の肩にしがみ着いて、歯を喰ひしばつてをのゝきながら、一心に執拗に、昂奮した怯えた瞳を、映画の上へ注いで居るのです。彼等は折々、熱に浮かされた病人のやうな微かな嘆息《ためいき》を洩らすばかりで、咳《しわぶき》一つ、眼瞬《またた》き一つしようとする者は居ませんでした。そんな事をする隙《すき》のない程、彼等の魂は驚異に充たされ、彼等の体は硬直して居るのです。

たま〳〵余りの明白さに堪へかねて、面を背《そむ》けて逃げ出さうとする者があると、真暗な観客席の何処からともなく、気違ひじみた、けたゝましい拍手の声が起ります。すると拍手は忽ちの間に四方へ瀰漫《びまん》し、内々浮き腰になつて居た連中迄が相和して、館の建物を震撼するやうな盛んな響きが、暫く場内にどよめき渡るのです。………」

彼の女の語る挑発的な巧妙な舒述《じよじゆつ》は、一言一句大空の虹の如く精細に、明瞭な幻影を私の胸に呼び起して、私は話を聴いて居るより、寧《むし》ろ映画を見て居るやうな眩ゆさを感じました。同時に私は、其の公園へ今迄何度も訪れたことがあるらしく感ぜられました。少くとも彼の女が見物したと云ふ其れ等の幻燈の数々は私の心の壁の面に、妄想ともつかず写真ともつかず、折々朦朧《もうろう》と浮かび上つて私の注視を促すことは屢〻《しばしば》あるのです。

「しかし恐らく彼《あ》の公園には、もつと鋭くわれ〳〵の魂を脅かし、もつと新しくわれ〳〵の官能を蠱惑《こわく》する物があるだらう。――物好きな私が、夢にも考へたことのない、破天荒な興行物があるだらう。私には其れが何だか分らないが、お前は定めし知つて居るに違ひない。」

「さうです。私は知つて居ます。其れは此の頃公園の池の汀《みぎわ》に小屋を出した、若い美しい魔術師です。」

と、彼の女は即座に答へました。

「私は度《た》び度《た》び其の小屋の前を素通りしましたが、まだ一遍も中へ這入つたことがないのです。其の魔術師の姿と顔とは、余りに眩く美しくて、恋人を持つ身には、近寄らぬ方が安全だと、町の人々が云ふのです。其の人の演ずる魔法は、怪しいよりもなまめかしく、不思議なよりも恐ろしく、巧緻なよりも奸悪な妖術だと、多くの人は噂して居ます。けれども小屋の入口の、冷い鉄の門をくぐつて、一度魔術を見て来た者は、必ずそれが病み付きになつて毎晩出かけて行くのです。どうしてそれ程見に行きたいのか、彼等は自分でも分りません。きつと彼等の魂までが、魔術にかけられてしまふのだらうと私は推量して居るのです。――ですがあなたは其の魔術師をまさか恐れはしないでせう。人間よりも鬼《き》魅《み》*を好み、現実よりも幻覚に生きるあなたが、評判の高い公園の魔術を見物せずには居られないでせう。たとへいかなる辛辣な呪咀や禁厭《まじない》を施されても、恋人のあなたと一緒に見に行くのなら、私も決して惑はされる筈はありません。……」

「惑はされたら惑はされるがいゝぢやないか。其の魔術師がそんなに綺麗な男なら。」

私は斯う云つて、春の野に啼く雲雀《ひばり》のやうに、快濶な声でからからと笑ひました。しかし其の次ぎの瞬間には、ふと、胸の底に湧いて来た淡い不安と軽い嫉妬に裏切られて、早速言葉を荒《あら》らげずには居られませんでした。

「それでは此れから直ぐ公園へ行つて見よう。われ〳〵の魂が魔法にかゝるかかゝらないか、お前と一緒に其の男を試してやらう。」

二人はいつか町の中央にある広小路の、大噴水の滸《ほとり》をさまようて居たのでした。噴水の周囲には、牛乳色の大理石の石垣が冠《かんむり》のやうな円形を作つて、一間毎に立つて居る女神の像の足下《あしもと》から、泉の水は淙々として溢れ膨らみ、絶えず大空の星を目がけて吹き上げながら、アーク燈*の光のうちに虹霓《こうげい》*となり雲霧《うんむ》となりつゝ、夜の空気に潺湲《せんかん》*と咽《むせ》び泣いて居るのです。とある行路樹の、鬱蒼とした葉蔭のベンチに腰を卸して、暫《しばら》く街頭の人ごみを眺めて居た私は、間もなく其処の雑沓《ざつとう》に異常な現象が現はれて居る事を発見しました。町の四方から、其の四つ辻の噴水に向つて集まつて来る四条《よすじ》の道路は、いづれも夕方のそゞろ歩きを楽しむらしい群衆に依つて賑はつて居ますが、而も其れ等の人々の殆んど全部は、一様に同じ方角を志しつゝゆるくなだらかに流れて行くのです。南と北と西と東との道路のうち、南の一条《ひとすじ》を除く以外の三つの線を歩く者は、一旦悉《ことごと》く四つ辻の広場に落ち合つた後、今度は更に濃密な隊を作り、真黒な太い列を成して、南の口へぞろ〳〵と押して行きます。さうして今しも、噴水の傍のベンチに憩《いこ》うて居る私等二人は、云はゞ大河のまん中に停滞して居る浮《う》き洲《す》のやうに、独り静かに周囲から取り残されて居るのでした。

「御覧なさい。これ程多勢の人たちがみんな公園へ吸ひ寄せられて行くのです。――――さあ、われ〳〵も早く出掛けませう。」

彼の女は斯う云つて、やさしく私の背中を擁して立ち上りました。二人はどんなに押し返されても別れ〳〵にならないやうに、鉄の鎖の断片の如く頑丈に腕を絡み合つて、人ごみの内に交つたのです。

や、長い間、私は唯、無数の人間の雲の中を嫌応《いやおう》なしに進みました。行く手を眺めると、公園は案外近い所にあるらしく、燦爛《さんらん》としたイルミネエシヨン*の、青や赤や黄や紫の光芒が、人々の頭に焦げつく程の低空に、炎々と燃え輝いて居るのです。道路の両側には、青楼*とも料理屋ともつかない三階四階の楼閣が並んで、花やかな岐阜提灯*を珊瑚の根掛け*のやうに連ねたバルコニイの上を見ると、酔ひしれた男女の客が狂態の限りを尽して野獣のやうに暴れて居ました。彼等の或る者は、街上の群衆を瞰《み》おろして、さま〴〵の悪罵を浴びせ、冗談を云ひかけ、稀には唾を吐きかけます。彼等はいづれも外聞を忘れ羞恥を忘れて踊り戯れ、馬鹿騒ぎの揚句には、蒟蒻《こんにやく》のやうにぐた〳〵になつた男だの、阿修羅*のやうに髪を乱した女だのが、露台の欄杆《らんかん》から人ごみの上へ真倒《まつさかさ》まに落ちて来るのです。さうして見る〳〵野次馬の為めに、顔を滅茶々々に掻き挘《むし》られ、衣類をずた〳〵に引き裂かれて、或る者は悲鳴を放ちながら、或る者は絶息して屍骸のやうになりながら、水に浮かぶ藻屑《もくず》の如く何処までも何処までも運ばれて行くのです。私は、自分の前へ落ちて来た一人の男が、逆立ちになつて二本の脛を棒杭のやうに突き出したまゝ、止めどもなく流れて行くのを見て居ました。其の男の足は、四方八方から現はれて来る無頼漢の手に依つて、最初に先づ靴を脱がされ、次にはヅボンをぼろ〳〵に破られ、果ては靴足袋《くつたび》を剝ぎ取られて、打つたり抓《つね》つたりされるのでした。それから又、酒ぶくれに太つた一人の女が、ジオヴンニ・セガンテイニ*の「淫楽の報い」*と云ふ絵の中にある人物のやうな形をして、胴

上げにされながら、「やつしよい、〱」と担《かつ》がれて行くのも見物しました。

「この町の人たちは、みんな気が違つて居るやうだ。今日は一体、お祭りでもあるのか知ら。」

と、私は恋人を顧みて云ひました。

「い丶え、今日ばかりではありません。此の公園へ来る人は年中こんなに騒いで居るのです。始終此のやうに酔払つて居るのです。此の往来を歩いて居る人間で、正気な者はあなたと私ばかりです。」

彼の女は相変らずしとやかな、真面目な句調で、そつと私に告げました。どんな喧囂《けんごう》の巷に這入つても、どんな乱脈な境地にあつても、常に持ち前の心憎い沈着と、純潔な情熱とを失はない彼の女は、悪魔の一団に囲まれた唯一《たつた》人の女神のやうに、清く貴く私の眼に映じたのです。私は彼の女の冴え〲とした瞳を見ると、吹き荒《すさ》ぶ嵐の中に玲瓏と澄み渡つた、鏡のやうな秋の空を連想せずには居られませんでした。

二人は人波に揉まれ〱て、一尺の地を一寸づ丶歩く程にして、つい鼻先に控へて居る公園の入口へ、漸《ようや》く辿り着く迄に一時間以上も費したやうでした。其処までぎつしりと密集して、巨大な蜈蚣《むかで》の這ふが如く詰め駈けて来た人々は、門内の広場に達すると、やがて参々伍々に別れて、思ひ〱の方面へ散らばつて行くのです。公園と云つても、見渡す限り丘もなく森もなく、人工の極致を悉《つく》した奇怪な形の大廈高楼《たいかこうろう》*が、フエアリー・ランド*

の都のやうに甍《いらか》を連ね、幾百万粒の燭《ともしび》を点じて、巍々《ぎぎ》*として聳えて居るのでした。広場の中心に茫然と彳立《てきりつ》したまゝ、其の壮観を見渡した私は、先づ何よりも、天の半ばに光つて居る Grand Circus と云ふ広告燈のイルミネエシヨンに胆を奪はれました。其れは直径何十丈あるか分らない極めて尨大な観覧車の如きもので、ちやうど車の軸のところに、グランド・サアカスの二字が現れてゐるのです。さうして、数十本の車の輻《や》*には、一面の電球が赫爍《かくしやく》*たる光箭《こうせん》*を放ち、さながら虚空に巨人の花傘《はながさ》を拡げたやうな環を描いて、徐々に雄大に廻輾を続けて居ます。而も一層驚く可き事は、素肌も同然な肉体に軽羅を纏うた数百人のチヤリネ*の男女が、炎々と輝く火の柱に攀《よ》ぢ登りつゝ、車の廻《めぐ》るに従つて、上方の輻《や》から下方の輻へと、順次に間断なく飛び移つて居る有様です。遠くから其れを眺めると、車輪全体へ鈴なりにぶら下つて居る人間が、火の粉の降るやうに、天使の舞ふやうに、衣を翩々《へんぺん》と翻《ひるがえ》して、明るい夜の空を翺翔《こうしよう》*して居るのでした。

私の注意を促したのは、此の車ばかりでなく、殆んど公園の上を蓋《おお》うて居る天空のあらゆる部分に、奇怪なもの、道化たもの、妖麗なもの、光の細工が、永劫に消えぬ花火の如く、蠢《うご》めき、閃《ひら》めき、のたくつて居るのを認めました。若しあの空の光景を、両国の川開き*を歓ぶ東京の市民や、大文字山の火*を珍らしがる京都の住民に見せたなら、どんなにびつくりすることでせう。私が其の時、ちよいと見渡したところだけでも、未だに忘れられない程の放胆な模様や巧緻な線状が、数限りなくあるのです。たとへて云へば、其れは誰か、人間以上の神通力を具備して居る悪魔があつて、空の帳《とばり》に勝手気儘な落書きを試みたとも、形容することが出来るでせう。或は又、世界の最後の審判の日*、Doom's Day*の近づいた知らせに、太陽が笑ひ月が泣き彗星が狂ひ出して、種々雑多な変化星《へんげぼし》が、縦横無尽に天際《てんさい》を揺曳するのにも似て居るでせう。

私たちの立つて居る広場は、正確な半円形を形作つて、その円周の弧の上から、七条《しちじょう》の道路が扇の骨の如く八方へ展《ひら》いてゐました。七条のうちで最も広い、最も立派なのは、まん中の大通りでした。何十軒何百軒あるか分らない公園の見せ物の中で、取り分け人気を呼んでゐる小屋は大概其処にあるらしく、或は厳《いかめ》しい、或は危つかしい、或は頓興な、或は均整な、ありとあらゆる様式の建築物が、城砦《じょうさい》のやうに軒を並べ、参差《しんし》*として折り重なつて居るのです。其処には日本の金閣寺*風の伽藍《がらん》もあれば、サラセニック*の高閣もあり、ピサの斜塔*を更に傾けた突飛な櫓《やぐら》があるかと思へば、杯形に上へ行く程脹らんでゐる化物じみた殿堂もあり、家全体を人面に模した建物や、紙屑のやうに歪《ゆが》んだ屋根や、蛸《たこ》の足のやうに曲つた柱や、波打つもの、渦巻くもの、彎屈するもの、反《そ》り返るもの、千差万別の姿態を弄《ろう》して、或は地に伏し、或は天を摩《ま》して居ます。

「あなた……」

さうして其の時、私の愛らしい恋人は、斯う云ひかけて軽く私の袂《たもと》を引きました。

「あなたは何が珍らしくて、そんなに見惚《みと》れていらつしやるの？　此の公園へは度び〳〵

お出でになつたのでせう。」

「私は此処へ何度も来て居る。」

さう云はなければ恥辱を受けるやうに感じて、私は慌《あわ》て頷《うなず》きました。「……だがしかし、幾度来ても私は見惚れずに居られないのだ。其れ程私は此の公園が好きなのだ。」

「まあ」と云つて、彼の女はあどけなくほゝ笑みながら、「魔術師の小屋は彼処《あすこ》にあるのです。さあ早く行きませう。」

と、左手を挙げて、其の大通りの果てを指《ゆびさ》しました。

広場から大通りへ這入る口には、鎌倉の大仏程*もある、真赤な鬼の首がわれ〳〵の方を睨んで居ました。鬼の眼にはヱメラルド色の、濃緑色の電燈が爛々と燃えて、鋸《のこぎり》のやうな歯を露《あら》はして笑つて居ます。ちやうど其の歯の生えて居る上顎《うわあご》と下顎との間が、一箇のアーチになつて居て、多勢の人は其処をくゞつて行くのです。それでなくても、公園全体が溶礦炉の如く明るいのに、其の大通りの明るさは又一段と際立《きわだ》つて、一道の火気が鬼の口から烈々と噴《ふ》き出て居ます。私は恋人に促されて其の火の中へ飛び込んだ時、さながら体が焦げるやうな心地を覚えました。

両側に櫛比《しつぴ》*して居る見世物小屋は、近づいて行くと更に仰山《ぎようさん》な、更に殺風景な、奇想的なものでした。極めて荒唐《こうとう》無稽《むけい》な場面を、けば〳〵しい絵の具で、忌憚なく描いてある活動写真の看板や、建物毎に独特な、何とも云へない不愉快な色で、強烈に塗りこくられた

ペンキの匂や、客寄せに使ふ旗、幟《のぼり》、人形、楽隊、仮装行列の混乱と放埒《ほうらつ》や、其れ等を一々詳細に記述したら、恐らく読者は竦然《しようぜん》*として眼を掩ふかも知れません。私があれを見た時の感じを、一言にして云へば、其処には妙齢の女の顔が、腫物《できもの》の為めに膿《うみ》たゞれて居るやうな、美しさと醜さとの奇抜な融合があるのです。真直ぐなもの、真ん円なもの、平なもの、――凡て正しい形を有する物体の世界を、凹面鏡《おうめんきよう》や凸面鏡《とつめんきよう》に映して見るやうな、不規則と滑稽と胸悪さとが織り交つて居るのです。正直をいふと、私は其処を歩いて居るうちに、底知れぬ恐怖と不安とを覚えて、幾度《いくたび》か踵《きびす》を回《かえ》さうとしたくらゐでした。若しも彼の女が一緒でなかつたら、私はほんたうに中途で逃げたかも分りません。私の心の臆するに従ひ、彼の女はます〳〵軽快に、子供のやうな無邪気な足どりで、勇ましく進んで行くのでした。私が物に脅かされた怯懦《きようだ》*な眼つきで、訴へるやうに彼の女の様子を窺ふと、彼の女はいつも面白さうな、罪のない笑顔を見せてにこにこして居るのです。

「お前のやうな正直な、柔和な乙女が、この恐ろしい街の景色を、どうして平気で見て居られるのだらう。」

私は屢々《しばしば》、彼の女に尋ねようとして躊躇《ちゆうちよ》しました。けれども私が実際斯う云ふ質問を発したら、彼の女は何と答へたでせう。「わたしが平気で居られるのは、あなたの感化だ。」と云ふでせうか。「わたしにはあなたと云ふ恋人がある為めなのです。恋の闇路《やみじ》へ這入つた者には、恐ろしさもなく恥かしさもない。」と云ふでせうか。――さうです。彼の女はきつと此れ等の言葉を答へるに違ひないでせう。彼の女は其れ程熱心に私を信じ、其れ程純粋に私を愛して居るのです。羊のやうに大人《おとな》しい、雪のやうに浄い彼の女が、此の公園を喜ぶのは、たしかに私を恋してゐる證拠なのです。私の趣味を自分の趣味とし、私の嗜好を自分の嗜好にしようと努めた結果なのです。世間の人は彼の女の事を、私の為めに堕落をしたと云ふかも知れません。しかし彼の女の趣味や嗜好が如何程《いかほど》悪魔に近づいたにせよ、彼の女の心、彼の女の心臓はいまだに人間らしい温情と品威とを、失はずに居たのでした。

さう考へると、私は彼の女に感謝せずには居られませんでした。私のやうな、世の中に何の望みもなく、唯美しい夢を抱いて国々を漂泊しながら、慵《ものう》く侘《わび》しく生きて居る人間が、貴い乙女の魂を征服して居る事を思ふと、私は非常に勿体《もつたい》ない心地がしました。

「私はとてもお前のやうな優《やさ》しい女子《おなご》の恋人になる資格はないのだ。お前は私と一緒になつて、此の公園へ遊びに来るには、余りに気高い、余りに正しい人間だ。私はお前に忠告する。お前の為めには、二人の縁を切つた方が、どんなに幸福だか分らない。私はお前が、こんな所へ平気で足を踏み入れる程、大胆な女になつたかと思ふと、自分の罪が空恐《そらおそ》ろしく感ぜられる。」

私は不意に斯う云つて、彼の女の両手を捕へたまゝ、往来に立ち竦《すく》んでしまひました。しかし彼の女はやつぱり平気で、にこやかに笑つて居るばかりです。自分の一身が、いかに忌まはしい滅亡の淵に臨んで居るかを、心付かない小児《こども》のやうに、朗かな瞳を開き、爽かな眉を示して居るのです。私が同じ意味の言葉を再三再四繰返すと、

「私は覚悟して居ます。今更あなたに伺はないでも、私にはよく分つて居ます。あなたと一緒に、斯うして此の町を歩いて居る今の私が、自分にはどんなに楽しく、どんなに幸福に感ぜられるでせう。あなたが私を可哀さうだと思つたら、どうぞ私を永劫に捨てないで下さい。私があなたを疑はないやうに、あなたも私を疑はないで居て下さい。」

彼の女は相変らず機嫌のよい、小鳥のやうな麗《うらら》かな声で、たゞ訳もなく斯う云ひ捨てゝしまひました。さうして、ふたゝび私を促して、例の魔術師の小屋の前までやつて来た時、

「さああなた、此れから私達は試しに行くのです。二人の恋と、魔術使《まじゆつつかい》の術と、孰方《どつち》が強いか試してやりませう。私はちつとも恐くはありません。私は自分を堅く堅く信じて居ますから。」

と、私を激励するやうに幾度となく念を押しました。それ程迄に突き詰めた、彼の女の真心のうるはしさを見せられては、たとへ私がいかに卑劣な、根性の腐つた人間でも、どうして感奮せずに居られませう。

「先《さつき》の言葉は私が悪かつた。お前のやうな清い女が、私のやうな汚れた男と結び着く事になつたのは、大方《おおかた》運命と云ふものだらう。二人の体と魂とは、眼に見えぬ宿縁の鎖で、生れぬ前から一緒に縛られて居たのだらう。お前は清い女のまゝで、私は汚れた男のまゝで、

二人は永《とこし》へに愛し合ふべき因果に支配されて居るのだ。――魔術師は愚か、どんなに不思議な、どんなに凄じい地獄へでも、私はお前を連れて行かう。お前でさへ恐くないと云ふのに、何で私に恐いものがあるだらう。」

私は斯う云つて、彼の女の前に跪《ひざまず》いて、神々しい白衣《びやくえ》の裾に長い接吻を与へました。

魔術師の小屋のある所は、彼の女が云つた通り、繁華な街区《まち》の果てにある物淋しい一廓でした。湧き返るやうな闘嚷《どうじよう》*の巷《ちまた》から、急にうす暗い、陰気な地域へ出て来た私の神経は、鎮静するといふよりも、却つて一層の気味悪さに襲はれて、不測の災《わざわい》に待ち受けられて居るやうな、疑心の昂まるのを覚えました。私は今迄、此の公園には何等の自然的風致、――木とか森とか水とか云ふ物が、全く欠けて居る事を訝しんで居ましたが、此の一廓へ来た時に、初めて其れが幾分応用されて居るのを認めました。しかし勿論、其処に使はれて居る自然的要素は、決して自然の風致を再現する為めに塩梅《あんばい》せられるものではなく、寧ろ飽くまでも人工を助け、其の拗《ひね》れた技巧の効果を補ふ為めの材料として、取り入れられて居るのでした。かう云つたらば或る読者は、「アルンハイムの領地」*とか、「ランダアの小屋」*とか云ふポオの小説に描かれた園藝術を想像するかも知れませんが、私の云ふ人工的の山水は、あれよりももつと小細工を弄した、もつと自然に遠ざかつた景色のやうに思はれました。つまり、木だの、草だの、水だのを、アーチや看板や電燈などゝ、全く同じに、或る建物を作り上げる道具の一種として、取り扱つて居るのです。其処にあるものは、縮小された自然、若しくは訂正された自然でなくて、山水の形を取つた建築物だといふ方が、適当だかも知れません。森や林が、植物らしい潑剌《はつらつ》とした生気を欠き、器用な模造品のやうな、誂《あつら》へ向きの線状をたつぷりと湛《たた》へて、庭といふよりも芝居の道具立てに近い感じを起させます。絵の具の代りに木の葉を使ひ、波幕《なみまく》の代りに水を使ひ、張子《はりこ》の代りに丘を使つたと云ふだけの事なのです。

その山水を、一個の舞台装置として評価すれば、たしかに凄惨な、特有な場面になつて居て、到底自然の風致などの、企及し難い或る物を摑んで居ました。其処では一本の樹木の枝、一塊の石の姿まで、幽鬱な暗示を含み、深遠な観念を表はすやうに配置され、吾人は其れが樹木であり、石である事を忘れる迄に、慄然たる鬼気を感ずるのです。読者は多分、ベツクリン*の描いた、「死の島」*といふ絵のある事を御存知でせう。さうして私が、現在説明しようとして居る場面は、多少あの絵に似通つた効果を、更に冷く、更に晦《くら》く、更に寂寞たる物象に依つて現はして居るのでした。先づ第一に、私の神経を極端に脅かしたものは、あの一廓を屛風の如く囲繞《いじよう》して、黒く、堆《うずたか》く、矗々《ちくちく》と攢立《さんりつ》してゐるポプラアの林です。私が其れを林であると気がつく迄には、余程の時間を要しました。なぜと云ふのに、遠くから望むと其れは殆ど林と思へないくらゐ、不可解な恰好をしてゐたからです。たとへて見れば、ちやうど監獄署の塀のやうな、頭もなく足もなく、たゞ真黒な平な壁が井戸側の如く円く続いて、天《そら》に聳えて居るのです。而もだん〳〵精細に熟視すると、此の蜿蜒《えんえん》たる塁壁の輪は、二匹の偉大な蝙蝠《こうもり》が、右と左に立ち別れつゝ両方から暗澹たる翼を拡げて、手を握り合つた形状を備へて居るのでした。注意すれば注意する程、蝙蝠の眼や耳や、手や足や、翼と翼との間隙などが、明瞭な輪廓を以て、障子へ映る影法師のやうに、あり〳〵と、天地の間に塞がつて居るのです。それ故、此の巧妙なSilhouette*が何で造られたものであらうか、私が判断に苦しんだのも無理がありません。一番最初は森に見え、其の次ぎには壁に見え、其の次ぎに蝙蝠に見え出したモンスタアが、実はやつぱり枝葉の繁つた白楊樹《はくようじゆ》*の密林を、非常に大規模な、非常に精妙な技術に依つて、怪物の姿に模したものだと分つた時、私は一段の驚異と讃嘆とを禁じ得ませんでした。

「あなたは誰が此の森を設計したか御存知ないでせう。此れはあの魔術師が作つたのです。つい近頃、自分が勝手に植木屋を指図して、大木をどん〳〵運ばせて、僅かの間に植ゑさせてしまつたのです。仕事に与《あずか》つた多勢の人夫たちは、誰一人も此の森がどんな形に出来上るか、気が付いた者は居ませんでした。彼等はたゞ魔術師の命ずるまゝに、一本一本樹を植ゑて行つたゞけでした。いよ〳〵森が出来上つた時、魔術師は愉快さうに笑つて、『森よ、森よ、お前は蝙蝠の姿になつて、人間共を威嚇してやれ。』と叫びながら、魔法杖を振り上げて大地を三度び叩きました。すると忽ち、其処に居合はせた人夫等は、自分たちが今迄夢中で拵へてゐた白楊樹の森が、偶然にも怪鳥の影法師に似て居る事を発見したのです。其れ以来、魔術師の評判は、此の森の噂と共に、普《あまね》く街中へ広まりました。或る人の説では、実際森が怪鳥の形を持つて居るのではなく、見る人の方が、さう云ふ幻覚を起すのだと云ひます。しかし兎に角、魔術師の小屋へ行かうとして、此処を通りかゝつた者は、必ず常に影法師に脅されて、胆を冷やさずには居りません。森が魔法にかけられて居るのか、見る人の方がかけられて居るのか、其の秘密を知つて居るのは、たゞ当人の魔術師ばかりです。」

かういふ彼の女の物語を聞きながら、私は尚も瞳を凝らして、附近一帯の風物を細やかに点検しました。

魔法の森――これは町の人が附けた名前なのです。――は、単に形態が妖怪じみて居るばかりでなく、空の中途に濃い高い帳《とばり》を繞《めぐ》らして、その圏内に包まれた区域を、公園全体の花やかな色彩から都合よく遮蔽し、闇と呪《のろい》とに充《み》たされた荒涼たる情景を作るのに、極めて主要な役目を勤めて居るのでした。森に取り巻かれた場所の広さは、何でも不忍《しのばずの》池《いけ》*ぐらゐはあつたでせう。さうして其の大部分には、真暗な、腐つた水のどんよりと澱《よど》んだ、じめ〳〵とした沼が、氷のやうに冷かな底光りを見せて、一面に行き瀰《わた》つてゐる様子でした。魔法の森で、自分の視覚を疑つた私は、その沼に対しても、あんまり水面が静かである為めほんたうの水が湛へてあるのか、それともガラスが張つてあるのか、暫く断案《だんあん》を下すのに躊躇しました。実際、ガラス張りだと信ずる事が可能な程、その水は磑々《がいがい》*として動かず流れず、一つ所に凝り固まつて、試しに石を投げ込んでも、戛々《かつかつ》*と鳴つて撥ね返

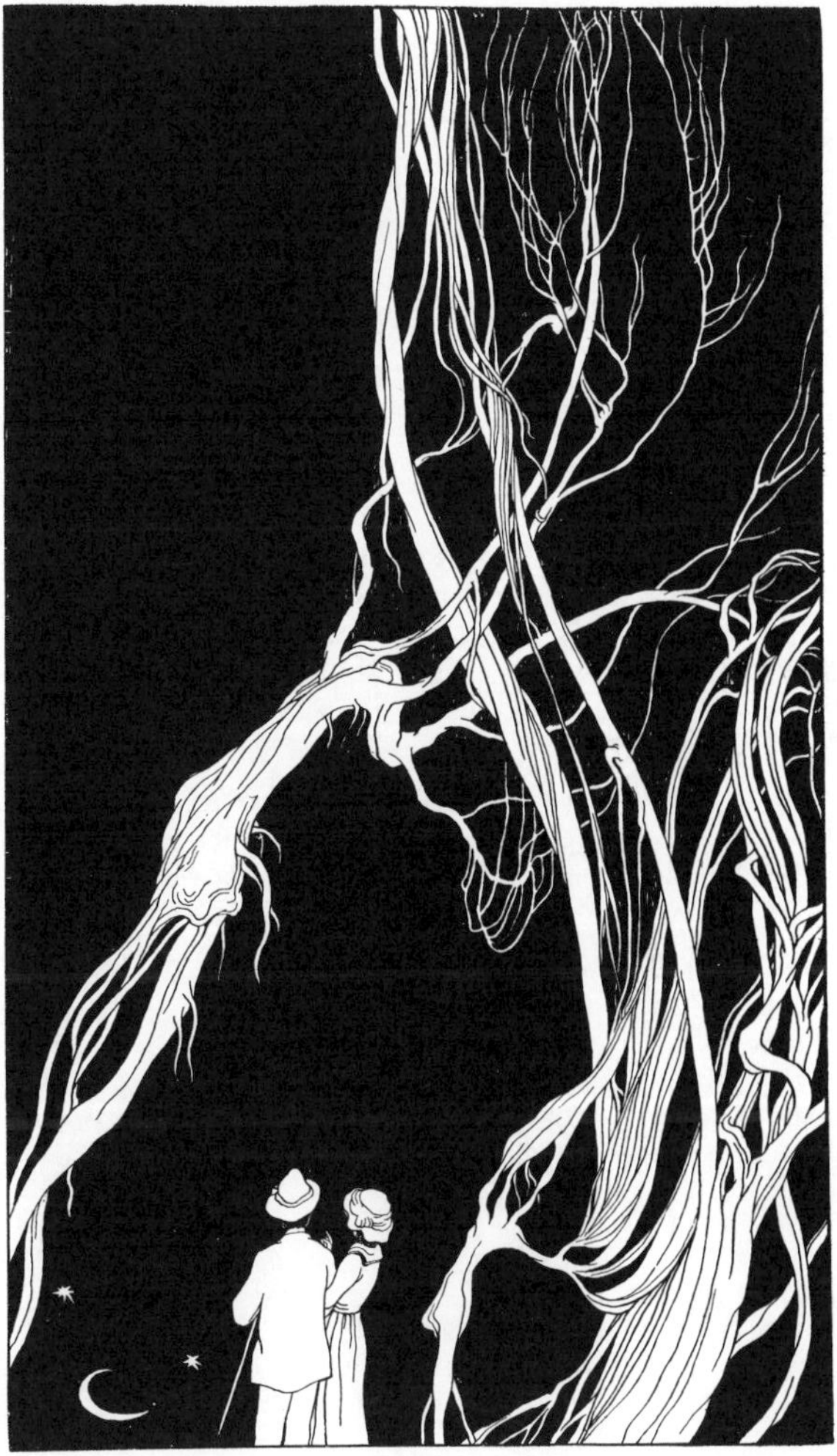

りさうに思はれました。此の粛然とした「死」のやうに寂しく厳《いか》めしい沼の中頃に、島とも船とも見定め難い丘のやうな物が浮かんで居て、“The Kingdom of Magic”と微かに記した青い明りが、たつた一点、常住の暗夜を照らす星の如く、頂きの尖《とが》つた所に灯されて居ます。

「丘のやうな物」が何であるかは、今少し精《くわ》しく説明する必要がありますが、其れは恰も地獄の絵にある針の山に酷似した、突兀《とっこつ》*たる巌石の塊なのです。三角形の、矛《ほこ》のやうに鋭い岩が磊々《らいらい》*と積み重なつて、草もなく木もなく家もなく、黙然と蟠《わだか》まつて居るのです。たゞ此れだけで、「魔術の王国」と云ふ看板はあるものゝ、其の王国が何処にあるのやらさつぱり分りません。

「あそこです。――――あそこが小屋の入口です。」

と云つて、彼の女が指さした方を見ると、成る程看板の辺に、岩と岩との間に挟まつた、小さな、窮屈な、鉄の門らしいものがありました。さうして私たちの立つて居る沼の滸《ほとり》から、一条《いちじょう》の細長い危つかしい仮橋《かりはし》が、此の門の前までかゝつて居るのです。

「だが彼《あ》の門は堅く締まつて居るやうだ。見物人の出這入りする風もなければ、人間らしい声と云ふものがまるきり聞えない。あれでも魔術をやつて居るのか知ら。」

私は独り言のやうに云ふと、彼の女は直ぐに頷きました。

「さうです。今が大方、魔術の始まつて居る最中でせう。あの魔術師は普通の手品使ひと違つて、演技の半ばに囃《はや》しを入れたり、拍手を求めたりしないさうです。それ程魔術が深刻で、敏速だと云ふ話です。見物のお客も一様に固唾《かたず》を呑んで、殆《ほと》んど総身へ水をかけられたやうな気持ちになつて、時々こつそりと溜息を洩らすばかりだと云ひます。あの静かさから推量すると、今がきつと演技の最中に違ひありません。」

斯う云つた彼の女の声は、抑へ切れない恐怖の為めか、それとも怪しい昂奮の為めか、例になく皺嗄れて顫《ふる》へて居るやうでした。

二人は其れ切り黙り込んで、島に通ずる仮橋を渡り始めました。

門を這入つて僅かに五六歩進んだ時、今まで陰惨な暗黒の世界に馴れて居た私の瞳は、俄かに満場の眩い光線に射竦《いすく》められて、ぐりぐりと抉《えぐ》られるやうな痛みを覚えました。あの、礧々《らいらい》たる土塊の外見を持つて居た魔術の王国は、意外にも金壁燦爛《さんらん》たる大劇場の内部を備へて、柱や天井に隙間なく施された荘厳な装飾が、熀々《ようよう》とした電燈に映じて眼の醒めるやうに輝いて居るのです。さうして場内のあらゆる坐席は、土間も二階も三階も、ぎつしりと塞がつて、身動きも出来ない大入でした。観客のうちには、支那人だの、印度人だの、欧羅巴《ヨーロッパ》人だの、種々雑多な服装をした凡《す》べての人種が網羅されて居ましたが、なぜか日本人らしい風俗の者は、われ〳〵以外に一人も見当りませんでした。それから又、特等席のボックスには、此の都の上流社会の、公園などへ容易に足を踏み入れる筈のない、紳士や貴婦人のきらびやかな一団が並んで居ました。彼等の婦人の或る者は、由緒ある身の外聞を憚る為めか、回々教徒《ふいふいきようと》*の女人《によにん》のやうな覆面をして、人影に肩をすぼめて居ましたけれど、猶且《なおかつ》舞台に注がれた二つの瞳には、秘密を裏切る品威と情慾との、鮮やかな色が現れて居るのでした。紳士の中には此の国の大政治家や、大実業家や、藝術家や宗教家や道楽息子や、いろいろの方面で名を知られた男たちが交つて居ました。私は彼等の多くの顔を、嘗て幾度も写真で見た事があるやうに感じました。彼等の或る者はナポレオン*に似、又或る者はビスマルク*に似、或る者はダンテのやうな、或る者はバイロン*のやうな輪廓を備へて居るのでした。其処にはネロ*もソクラテス*も居たでせう。ゲエテ*もドン・ファン*も居たでせう。私は彼等が、どうしてこんな魔の王国に来て居るのか、其の理由を直ちに解釈する事が出来ました。聖人でも暴君でも詩人でも学者でも、みんなやつぱり「不思議」と云ふものに惹き寄せられる心を持つて居るのです。彼等は或ひは研究の為め、経験の為め、布教の為めに来たのだと云ふでせう。ひよつとすると、彼等は自分でもさう信じて居るでせう。しかし私に云はせると、彼等の魂の奥底には、程度こそ違へ、私が感ずると同じやうな美を感じ、私が夢《ゆめみ》ると同じやうな夢を夢《ゆめみ》る素質が潜んで居るのです。彼等はたゞ、私のやうに其れを意識し、若しくは肯定しないだけの相違なのです。――私は何と云ふ事もなく、こんな風に考へました。

私と彼の女とは、支那人の辮髪《べんぱつ》*だの、黒人の頭帕《タアバン》*だの、婦人のボンネット*だのが、紅蓮《ぐれん》白蓮《びやくれん》*の波打つやうに錯綜して居る土間の椅子場に分け入つて、辛うじて二つの席に坐を占めました。舞台と私たちとの間には、少くとも五六行の椅子が列んで居て、其の大部分には、瀟洒《しょうしゃ》*たる初夏の装ひを凝らした欧洲種の若い女等が、肉附のいゝ清らかな項《うなじ》を揃へて、白鳥のやうに群つて居るのでした。私の視線は此れ等の幾層にも重なり合つた女の肩を打ち超えて、其の向うにある舞台の上に注がれたのです。

舞台の背景には、一面に黒幕が垂れ下つて、中央の一段高い階段の上に、素晴らしく立派な、玉座の如き席が設けてありました。此れが所謂《いわゆる》「魔術のキングドム」の王の拠《よ》る可《べ》き席なのでせう。其処には生きた蛇の冠を頭に戴き、羅馬《ローマ》時代の袍衣《トーガ》*を身に着けて、黄金の草鞋《サンダル》を穿《は》いた極めて年若な魔術師が、端然として腰掛けて居るのです。階段の下の、玉座の右と左とは、三人づゝの男女の助手が、奴隷のやうに畏まり、足の裏を観客の方へ曝して、さも賤《いや》しげに額《ぬか》づいて居ます。舞台の装置と人物とは、纔《わずか》に此れだけの、簡単過ぎたものでした。

私は上着のポケットを捜つて、門を這入る時に渡されたプログラム*を開けて見ましたが、其れには大凡《おおよ》そ二三十種の演技の数が記してあつて、孰《ど》れも此れも悉く前古未曽有《ぜんこみぞう》*な、驚天動地の魔術であるらしく想像されました。最も私の好奇心を煽《あお》つた二三番の例を挙げれば、第一にメスメリズム*と云ふのがあります。此れは小書きの説明に依ると、場内の観客全体に催眠作用を起させるので、劇場内のあらゆる人間が、魔術師の与へる暗示の通りに錯覚を感ずるのです。たとへば魔術師が、「今は午前の五時だ。」と云へば、人々は爽かな朝の日光を見、自分たちの懐中時計がいつの間にやら五時を示して居る事に気が付きます。其の外「此処は野原だ。」と云へば野原に見え、「海だ。」と云へば海に見え、「雨だ。」と云へば体がビシヨビシヨと濡れ始めます。次ぎに恐ろしいのは「時間の短縮」*と云ふ妖術です。魔術師が一箇の植物の種子を取つて土中に蒔《ま》き、徐《おもむろ》に呪文を唱へると、十分間に其れが芽を吹き茎を生じて花を咲かせ実を結ぶのです。而《しか》も其の植物の種子は、観客の方で勝手な物を何処からでも択《えら》んで来ることを望むばかりか、亭々《ていてい》*として雲を凌ぐやうな高い幹でも、鬱蒼として天を蔽ふやうな繁つた葉でも、十分間に必ず発育させると云ふのです。其れに似たのでもつと不気味なのは、「不思議な妊娠」と題せられた演技でした。此法に使はれる婦人は、多くの場合「王国」の奴隷の女ですが、若しも見物人の内に有志の婦人があつてくれゝば、更に有り難いと書いてあります。以上の例を読んだゞけでも、読者はいかに此の魔術師が、凡庸の手品使ひと類を異にして居るか、了解する事が出来るでせう。

しかし非常に残念な事には、私が入場した折には、既にプログラムの大部分が演了せられて、纔《わず》かに最終の一番を剰《あま》して居る所でした。私たちが席へ就いてから間もなく、玉座に据わつて居た彼《か》の魔術師は、やをら立上つて舞台の前面に歩み出で、子供のやうに顔を赧《あか》らめながら、可愛らしい、羞耻を含んだ低い声音《こわね》で、今から取りかゝる魔法の説明を試み

ました。

「………さて、今晩の大詰の演技として、私は茲《ここ》に最も興味ある、最も不可解な幻術を、諸君に御紹介したいと思ひます。此の幻術は、仮りに『人身変形法』*と名づけてありますが、つまり私の呪文の力で任意の人間の肉体を、即坐に任意の他の物体——鳥にでも虫にでも獣にでも、若しくは如何なる無生物、たとへば水、酒のやうな液体にでも、諸君のお望みなさる通りに変形させてしまふのです。或は又、全身でなくとも、首とか足とか、肩とか臀《しり》とか、ある一局部だけを限つて、変形させる事も出来ます………。」

私は、魔術師が諄々として語り続ける滑かな言葉よりも、寧ろ彼の艶冶《えんや》*な眉目と阿娜《あだ》*たる風姿とに心を奪はれ、いつ迄もいつ迄も恍惚として、眼を睜《みは》らずには居《お》られませんでした。彼が超凡の美貌を備へて居る事は、前から聞いて居たのですが、其れにしても私は今、話に依つて予想して居た彼の顔立ちと、実際の輪廓とを比較して、美《うつく》しさの程度に格段の相違があるのを認めました。就中《なかんずく》、一番私の意外に感じたのは、うら若い男子だとのみ思つて居た其の魔術師が、男であるやら女であるやら全く区別の付かない事です。

女に云はせれば、彼は絶世の美男だと云ふでせう。けれども男に云はせたら、或は曠古《こうこ》*の美女だと云ふかも知れません。私は彼の骨格、筋肉、動作、音声の凡ての部分に、男性的の高雅と智慧と活潑とが、女性的の柔媚と繊細と陰険との間に、渾然として融合されて居るのを見ました。たとへば彼の房々とした栗色の髪の毛や、ふつくらとした瓜実顔《うりざねがお》の豊頰や、真紅《まつか》な小さい唇や、優婉*にして而《しか》も精悍な手足の恰好や、其れ等の一点一劃にも、此の微妙なる調和の存在して居る工合は、ちやうど十五六歳の、性的特長がまだ充分に発達し切らない、少女或は少年の体質によく似て居ました。それから彼の外見に関するもう一つの不思議は、彼が一体、何処に生れた如何《どん》な人種であらうかと云ふ問題です。此れは恐らく、誰しも彼の皮膚の色を見た者には当然起る可き疑ひで、その男——だか女だかは、決して純粋の白人種でも、蒙古人種でも、黒人種でもないのです。強《しい》て比較を求めたなら、彼の人相や骨格は、世界中での美人の産地と云はれて居るコウカサスの種属*に、いくらか近い所があるかも知れません。けれどももつと適切に形容すると、彼の肉体はあらゆる人種の長所と美点ばかりから成り立つた、最も複雑な混血児であると共に、最も完全な人間美の表象であると云ふ事が出来ます。彼は誰に対しても常にエキゾテイツクな魅力を有し、男の前でも女の前でも、擅《ほしいまま》に性的誘惑を試みて、彼等の心を蕩《とろ》かしてしまふ資格があるのです。

「…………ところで私は、予《あらかじ》め皆さんに御相談をして置きますが…………」

と、魔術師は猶も言葉を続けました。

「私は先づ試験的に、此処に控へて居る六人の奴隷を使用して、彼等を一々変形させて御覧に入れます。しかし私の妖術のいかに神秘な、いかに奇蹟的なものであるかを立證する為め、私は是非共満場の紳士淑女が、自ら奮つて私の魔術にかゝつて頂く事を望みます。

既に私が此の公園で興行を開始してから、今晩で二た月余りになりますが、其の間毎夜のやうに観客中の有志の方々が、常に多勢、私の為めに進んで舞台へ登場され、甘んじて魔術の犠牲となつて下さいました。犠牲——さうです。其れはたしかに犠牲です。貴き人間の姿を持ちながら、私の法力に弄《もてあそ》ばれ、犬となり豚となり、石ころとなり糞土《ふんど》となつて、衆人環視のうちに恥を曝す勇気がなければ、此の舞台へは来られない筈です。にも拘らず、私は毎夜観客席に、奇特《きとく》な犠牲者を幾人でも発見する事が出来ました。中には身分の卑しからぬ貴公子や貴婦人なども密かに犠牲者の間へ加はつて居られると云ふ噂を聞きました。それ故私は、今夜も亦例に依つて、沢山の有志家が続々と輩出せられる事を信じ、且《か》つ誇りとして居る次第なのです。」

斯う云つた時、青白い魔術師の顔にはさも得意気な凄惨な微笑《ほほえ》みが浮かびました。而も多くの見物人は、彼の不敵な弁舌を聴き、傲慢な態度に接すれば接する程、だん〳〵彼に魂を惹き付けられ、征服されて行くやうな心地がするのです。

やがて魔術師は、その時まで玉座の前に跪いて、彫刻の群像の如く平伏して居た奴隷の中から、一人の可憐な美女《たおやめ》を麾《さしまね》くと、彼の女は*夢遊病者の如くよろよろとして魔術師の前に歩み出で、再び其処に畏まりながら、糸の弛《ゆる》んだ操つり人形のやうに、ぐたりと頭《こうべ》を項《うな》垂《だ》れました。

「お前は私の奴隷のうちでも、一番私の気に入つた、一番可愛らしい女だ。もう五六年、お前が辛棒してさへ居れば、私はきつとお前を立派な魔術師にさせてやる。人間は勿論、神でも悪魔でも及ばないやうな、世界一の魔法使ひにさせてやる。お前は嘸《さぞ》かし、私の家来になつた事を幸福に感じて居るだらう。人間界の女王になるより、魔の王国の奴隷になる方が、遥かに幸福な事を悟つたゞらう。」

魔術師は、床《ゆか》に垂れた彼の女の長い髪の毛を、自分の足に踏み敷きながら、反り身になつて直立したまゝ、こんな文句を厳かに云ひ渡して、

「さあ、此れからいつもの変形術を行ふのだが、お前は今夜は何になりたい？　私はお前が知つて居る通り、非常に慈悲深い王様だ。何でもお前の望みのまゝにさせてやるから、好きな物を言ふがいゝ。」

と、恰《あたか》も歓ばしい恩寵を授けるやうな句調で云ひました。

其の時、まるで石膏の如く硬張《こわば》つて居た女人《によにん》の全身は、忽ち電流を感じたやうにもくもくと顫《ふる》へ始めたかと思ふと、氷の融けた河水の如く彼の女の唇も動き始めて、

「あゝ王様、有り難うございます。私は今夜美しい孔雀《くじやく》になつて、王様の玉座の上に輪を描きつゝ、飛び廻りたうございます。」

と、婆羅門《ばらもん》*の行者が祈禱するやうに、両手を高く天に掲げて合掌するのです。

魔術師は機嫌よく打ち頷いて、直ちに口の内で呪文を唱へ出しました。十分間と云ふ話でしたが、彼の女の五体が全く孔雀の羽毛に蔽はれてしまふ迄には、五分もかゝらなかつた

でせう。さうして残りの五分間に、肩から上の人間の部分が、次第に孔雀の首に変つて行くのでした。此の、後の五分間の始まりに、まだうら若い女の顔を持つた孔雀が、さも嬉しげな瞳を挙げてほゝ笑みつゝ、次ぎにはうつとりと眼を眠つて眉根を寄せ、だんだん切ない鳥の頭に推移しようとする過程が、凡べてのうちで最も詩的な光景のやうに感ぜられました。斯くて十分間の終り目に、一羽の孔雀と化し去つた彼の女は、颯爽たる羽ばたきの音を立てゝ、飄颻《ひようよう》と舞ひ上り、観客席の天井を二三回翔《あまがけ》つて、玉座の傍《かたわら》に飛び帰るや否や、一朶《いちだ》の錦雲《きんうん》の地に落つる如く、階段の中途にしづ〳〵と降《くだ》つて、さつと綵扇《さいせん》*を開いたやうに尻尾《しりお》を一杯に拡げました。

残りの五人の奴隷たちも、順々に魔王の前へ麾《さしまね》かれて、一人々々矢継ぎ早やに妖術を施されて行くのです。三人の男の奴隷のうち、一人は豹の皮となつて、王様の玉座の椅子に敷かれたいと云ひました。二人は二本の純銀の燭台となつて、階段の左右を照らしたいと云ひました。最後に二人の女奴隷は、二匹の優しい蝶々と化して、身も軽々と王様のお姿に附き纏ひたいと云ふのでした。さうして其れ等の五人の願ひは、即座に聴き届けられたのです。

此の、破天荒な妙技の数々を眼前に眺めた満場の観客は、震駭《しんがい》*の余り鳴りを静めて、自分で自分の視覚の作用を疑ひながら、茫然自失するばかりでした。殊に第一の男の奴隷が、魔術師の杖に叩かれて煎餅《せんべい》のやうに薄くなり、やがて美しい豹の皮に変らうとする一刹那

の、苦しい呻き声を聞かされた瞬間に、私は自分の前に腰かけた一人の女が、慄然として面を蔽ひつゝ連れの男に抱き着いたのを認めました。

「どうですか皆さん、………誰方《どなた》か犠牲者になる方はありませんか。」

と、魔術師は前よりも一層勝ち誇つた態度を示して、身辺に飛び交ふ二匹の蝶を追ひやりながら、舞台の上を往つたり来たりして居るのです。

「………皆さんは魔の王国に捕虜となる事を、そんなに気味悪く思ふのですか。人間の威厳や形態と云ふものに、それ程執着する値打ちがあると思ふのですか。あなた方は、私の為めに変形させられた奴隷たちの境遇を、浅ましいもの哀れなものと考へるかも知れません。しかし彼等の外見は、たとへ蝶々であり孔雀であり、豹の皮であり燭台であつても、彼等は未だに人間の情緒と感覚とを失はずに居るのです。さうして彼等の胸の中《うち》には、あなた方の夢にも知らない、無限の悦楽と歓喜とが溢れ漲つて居るのです。彼等の心境が如何に幸福を感じて居るかは、一遍私の魔術を試したお方には、大概お分りであらうと思ひます………。」

魔術師が斯う云つて場内の四方を見廻すと、人々は彼の瞳に睨まれて催眠術*にかけられる事を恐れたのか、皆一度に肩を縮めて膝に突伏《つつぷ》してしまひました。すると忽ち、さや〳〵と鳴る衣擦《きぬず》れの音に連れて、土間の一隅から舞台の方へ歩いて行く微かな女の靴の響きが、深い沈黙の底を破つて聞えたのです。

「………魔術師よ、お前は私を定めて覚えて居るだらう。私はお前の魔術よりも、お前の美貌に迷はされて、昨日も今日も見物に来ました。お前が私を犠牲者の中《うち》へ加へてくれゝば、それで私は自分の恋がかなつたものだとあきらめます。どうぞ私を、お前の足に穿《は》いて居る金の草鞋《サンダル》にさせて下さい。」

斯う云ふ声に誘はれて、おづおづと顔を擡げた私は、先刻特等席に居た覆面の婦人が、殉教者の如くひれ伏して、魔術師の前に倒れて居るのを見出しました。

★　★　★　★

魔術師の魅力に惑はされて、舞台へふらふらと進み出た男女は、覆面の婦人の後《あと》にも数十人ありました。さうして、ちやうど二十人目の犠牲者となる可く、夢中で席を離れたのは斯く云ふ私自身でした。

あの時、私の恋人は、私の袖をしつかりと捕へて、涙をさめざめと流して云ひました。

「あゝ、あなたはとうとう魔術師に負けてしまつたのです。私のあなたを恋する心は、あの魔術師の美貌を見ても迷はないのに、あなたは彼《あ》の人に誘惑されて、私を忘れてしまつたのです。私を捨てゝ、あの魔術師に仕へようとなさるのです。あなたは何と云ふ意気地のない、薄情な人間でせう。」

「私はお前の云ふ通り、意気地のない人間だ。あの魔術師の美貌に溺れて、お前を忘れてしまつたのだ。成る程私は負けたに違ひない。しかし私には、負けるか勝つかと云ふ事よりもつと大切な問題があるのだ。」

かう云ふ間も、私の魂は磁石に吸はれる鉄片のやうに、魔術師の方へ引き寄せられて居るのでした。

「魔術師よ、私は半羊神《フアウン》*になりたいのだ。半羊神《フアウン》になつて、魔術師の玉座の前に躍り狂つて居たいのだ。どうぞ私の望みをかなへて、お前の奴隷に使つてくれ。」

私は舞台に駈け上つて、譫言《うわごと》のやうに口走りました。

「よろしい、よろしい、お前の望みは如何《いか》にもお前に適当して居る。お前は初めから、人間などに生れる必要はなかつたのだ。」

魔術師がからからと笑つて、魔法杖で私の背中を一と打ち打つと、見る〳〵私の両脚には鬖々《さんさん》たる羊の毛が生え、頭には二本の角が現れたのです。同時に私の胸の中には、人間らしい良心の苦悶が悉く消えて、太陽の如く晴れやかな、海の如く広大な愉悦の情が、滾々《こんこん》として湧き出でました。

暫くの間、私は有頂天になつて、嬉し紛れに舞台の上を浮かれ廻つて居ましたが、程なく私の歓びは、私の以前の恋人に依つて妨害されました。

私の跡を追ひかけながら、慌《あわ》て、舞台へ上つて来た彼の女は、魔術師に向つてこんな事を

云つたのです。

「私はあなたの美貌や魔法に迷はされて、此処へ来たのではありません。私は私の恋人を取り戻しに来たのです。彼《あ》の忌まはしい半羊神《ファウン》の姿になつた男を、どうぞ直ちに人間にして返して下さい。それとも若し、返す訳に行かないと云ふなら、いつそ私を彼《あ》の人と同じ姿にさせて下さい。たとへ彼《あ》の人が私を捨てゝも、私は永劫に彼《あ》の人を捨てる事が出来ません。彼《あ》の人が半羊神《ファウン》になつたら、私も半羊神《ファウン》になりませう。私は飽く迄、彼《あ》の人の行く所へ附いて行きませう。」

「よろしい、そんならお前も半羊神《ファウン》にしてやる。」

此の魔術師の一言と共に、彼の女は忽ち、醜い呪《のろわ》しい半獣の体に化けたのです。さうして、私を目がけて驀然《ばくぜん》*と走り寄つたかと思ふと、いきなり自分の頭の角を、私の角にしつかりと絡み着かせ、二つの首は飛んでも跳ねても離れなくなつてしまひました。


（大正五年十二月作）

註　解

（アキも一行と数えた）

人魚の嘆き

一九一七年（大正六）一月号「中央公論」（初出誌）掲載時には、タイトルの上に「無韻長詩」と角書きがあったが、初刊本（一九一七・四、春陽堂）で外された。なお、本作には現行の「人魚の嘆き」とは異なる二百字詰原稿用紙八枚（日本近代文学館所蔵）の自筆草稿が存在し、その全文は「ユリイカ」（千葉俊二「「人魚の嘆き」について――解題に代えて」二〇〇三・五）で紹介された。

一九一九年（大正八）十一月号「新潮」に発表した「秋風」において、一高寮友の君島一郎の故郷塩原温泉に家族で遊んだとき、一緒に来ていたS子（義妹の小林せい）が「兄さん、一つ『人魚の嘆き』やつて見ませうか」と、「しなしなとした長い手足をひねつて水島君の挿絵にある人魚のやうな形をする。かうして居ると、我々三人ほんたうに人魚になつてしまふかも知れない。人魚にはならないまでも、少くとも海豹《あざらし》にでもなつたやうな気持ちがする。」と宝の湯で遊んでいる様子を描いている。「水島君」とは一九一九年（大正八）八月に春陽堂から刊行された挿絵本『人魚の嘆き・魔術師』の挿絵と装幀を担当した画家、水島爾保布《におう》（一八八四〜一九五八）のこと。この本の挿絵や発禁をめぐる経緯については決定版『谷崎潤一郎全集』第四巻（二〇一五・十一、中央公論新社）の「解題」（田鎖数馬）に詳しい。

この後も谷崎は人魚に関心を持ち、盛唐の詩人岑参《しんしん》の五言律詩「送張子尉南海」にある「鮫人」（南海に住むという半人半魚の動物。人魚）をタイトルにした小説を「中央公論」一九二〇年（大正九）一〜十月号に連載した。ヒロイン「林真珠」は鮫人の涙は珠玉になるという言い伝えから創造されたもの。また一九二三年（大正十二）一〜四月「東京朝日新聞」に連載した「肉塊」では、若きプリンスが憧れる人魚に女優グランドレンが扮して映画を撮る場面がある。なお、「人魚」を題名に謳った小説として、本作の半年前に発表された泉鏡花「人魚の祠《ほこら》」（一九一六年〔大正五〕七月号「新日本」）がある。

＊9頁5行　**愛親覚羅**　正しくは「愛新覚羅」であるが、初出誌以来この表記が踏襲されていることから、本書でもとくに訂正はしなかった。中国、清朝王室の姓。清は十七世紀に満洲族の建てた王朝。清朝十二代の宣統帝溥儀（一九〇六〜六七）が清朝最後の皇帝。

＊9頁6行　**南京**　明代に首都（一三六八〜一四二〇）が置かれた長江流域・華南にある都市。清の当時、首都は北京。

＊9頁6行　**孟世燾**《もうせいちゅう》　本作における中国の風俗考証は、一七九九年（寛政十一）に上梓された中川忠英の『清俗紀聞』を典拠としており、主人公の名前も同書跋文にある「清国蘇州　孟世燾」による（細江光『谷崎潤一郎——深層のレトリック』二〇〇四、和泉書院）。また、孟世燾の人物像については、成島柳北が『柳橋新誌』（一八七四）に引用している中国の遊里小説『板橋雑記』（一七七二）に登場する南京城の貴公子に似ている（李春草「谷崎潤一郎「人魚の

嘆き」論――典拠をめぐって――」二〇一七、「同志社国文学」第87号)。

＊9頁7行　**乾隆《けんりゅう》の帝《みかど》**　清朝第六代皇帝（在位一七三五〜九五）。諱《いみな》は弘暦、廟号は高宗。全盛期の清朝に即位し、イギリスやヨーロッパ諸国との茶・絹貿易によって好景気をもたらした。遠くチベットまで支配下に置き、中国史上最大の版図を得た。

＊9頁8行　**擯斥《ひんせき》**　のけものにすること。しりぞけること。

＊9頁14行　**貲財《しざい》**　たから。資産。

＊9頁17行　**教坊**　遊藝を見せる劇場や遊里。

＊10頁1行　**煙花城中**　「煙花」は藝妓、娼妓のこと。繁華な遊里。

＊10頁3行　**総角《あげまき》**　髪を左右に分けて、両耳の上で巻いて輪を作る、古代の少年の髪の結い方。『清俗紀聞』巻之七「冠礼」に、「男子は三四歳より頭の中程に髪を生じ、総角《ツヲンコ》に結い、あるいは両方へわけて総角を二つに結い（中略）十三四歳になれば（中略）元服す」とある。

＊10頁4行　**窃玉偸香《せつぎょくとうこう》**　「窃」と「偸」は盗むこと。「玉」と「香」は女性を表わす。男性が女性にひそかに手を出すこと。

＊12頁8行　**讌戯《えんぎ》**　「讌」は酒盛り、宴会の意。

＊12頁10行　**香辣**　辛いこと。

＊12頁15行　**綉房《しゅうぼう》**　縫い取りで飾った部屋。婦人の私室。

＊12頁16行　**山西**　中国・山西省。中国の中部に位置する黄河流域の高原地帯。

＊12頁16行　**潞安酒《ろうあんちゅう》**　「潞安《ろうあん》」は山西省の府名。『清俗紀聞』巻之四「飲食」に「山西出産　味《あちはひ》甜酔易《あましよひやす》し」とある。

＊12頁16行　**常州**　中国・江蘇省南部の長江デルタに位置する経済・文化の中心地。乾隆帝や北宋の蘇軾が好んだ地。

＊12頁16行　**恵泉酒**　糯《もち》米で醸造した南方産の酒。『清俗紀聞』巻之四「飲食」に「常州出産味淡《うす》し」とある。

＊12頁16行　**蘇州**　中国・江蘇省東南部に位置する蘇州市。長江の南に位置し、上海市に隣接する江南の主要都市。

＊12頁17行　**福珍酒**《ほちんちゅう》　『清俗紀聞』巻之四「飲食」に「蘇州出産」とある。

＊12頁17行　**湖州**　中国・浙江省北部にあり、北の江蘇省の太湖に接する水郷都市。

＊12頁17行　**烏程潯酒**《うーぢんちんちゅう》　「烏程」は県名。「潯」はみぎわ、岸の意。『清俗紀聞』巻之四「飲食」に「湖州出産」とある。

＊12頁17行　**北方**　中国・陝西省の南から甘粛省にまたがる秦嶺山脈と、江蘇省の北を流れる淮河を結ぶ線より北を北方、南を南方とする。

＊12頁17行　**葡萄酒**　これ以下「蜜酒」までの酒は王逵《おうき》著『蠡海集《れいかい》』を原拠とする（細江光、前出）。

＊12頁17行　**馬奶酒**　「奶」はおんな、乳の意。「奶酒《ないちゅう》」は牛、馬や羊の乳を発酵させて造るモンゴルの遊牧民が愛飲する酒。馬乳酒。奶子酒。

＊12頁17行　**棗酒**《そうしゅ》　「棗」はなつめの実。

＊13頁1行　**椰漿酒**　「椰漿《やしょう》」は椰子の実の汁。

＊13頁1行　**蜜酒**　蜂蜜から作る蜂蜜酒。

＊13頁1行　**四百余州**　中国全土。
＊13頁1行　**佳醴芳醇**《かれいほうじゅん》　香り高く味の良い酒。
＊13頁4行　**神思飄颻**《ひょうよう》　たましいが空中に舞い上がること。
＊13頁9行　**紅々**　「紅々」「窈娘」等の名前も『板橋雑記』に拠る（李春草、前出）。
＊13頁9行　**胡琴**　中国のリュート属の擦弦楽器。広義の胡弓と同じ。琵琶の古称。
＊13頁10行　**婉転**　すらりとして美しい。しなやかに動くさま。
＊13頁10行　**喉嚨**《こうろう》　「喉」も「嚨」ものどの意。咽喉。のどぶえ。
＊13頁11行　**絳舌蜜嘴**《こうぜつみつし》　美人の紅唇から出る甘いささやきの意。
＊13頁13行　**膩肉**《じにく》　「膩」は肥える、なめらか。肉体美。
＊13頁14行　**腮窩**《さいわ》　あごのくぼみ。
＊13頁15行　**寵幸**　かわいがられること。寵愛。
＊14頁10行　**奸商**　不正な手段で不当な利益を収める悪徳商人。
＊14頁12行　**張皇后**　？〜七六二。唐の第十代皇帝粛宗《しゅくそう》の皇后。
＊14頁12行　**鳹脳**《げんのう》**酒**　「鳹」はつばめ。『類書纂要』に拠る（細江光、前出）。
＊14頁13行　**順宗皇帝**　七六一〜八〇六。唐の第十三代皇帝。在位は八〇五年二〜八月の七か月。
＊14頁13行　**龍膏酒**　唐代に烏弋山離《うよくさんり》国から献じられたもの。『杜陽雑編』に拠る（細江光、前出）。
＊16頁2行　**江南**　長江下流の南側の地方。
＊16頁2行　**南定窯**《なんていよう》　「南定」は南の定窯と呼ばれる白磁の器。「定窯」は中国・河北省曲陽県に

あった白磁の窯。北宋時代に隆盛を迎えた。喜多村信節の『嬉遊笑覧』巻二（一八三〇）に「定窯（中略）宋南渡の前を北定といひ後を南定といふ」とある。

＊16頁5行　**鑒識**《かんしき》　「鑒」は「鑑」に同じ。物事の善悪や真贋を見分けること。

＊16頁9行　**玉**　美しい女。藝妓などの客をもてなす女。

＊16頁11行　**優物**　優れて美しい女。美人。

＊17頁2行　**庁堂**　儀門の内側にあり、来臨の客人と応対する広間。

＊17頁3行　**花斑石**　紫花石。

＊17頁3行　**舗甎**《ぷうせん》　敷き瓦。

＊17頁4行　**内房**　女の居間。おんなべや。

＊17頁5行　**蹣跚**《まんさん》　よろよろと歩くさま。よろめく。

＊17頁6行　**酒琖**《しゅさん》　「琖」は玉で作った小さい盃。

＊17頁6行　**雲鑼**《うんら》　音程の違う十個の銅鑼を並べた木枠の柄を持って、銅鑼を小槌で打つ打楽器。『清俗紀聞』巻之二「居家」に図版あり。

＊17頁6行　**月鼓**　うちわの形をした太鼓で、張ってある皮を撥でたたく。『清俗紀聞』巻之二「家居」に図版あり。

＊17頁9行　**睡房**　睡眠をとる部屋。寝室。

＊17頁9行　**錦繍**　錦と刺繍を施した織物。

＊17頁9行　**花毯**《かたん》　花模様のじゅうたん。『清俗紀聞』巻之二「居家」に図版あり。

＊17頁10行　**阿片**　ケシの実から採取した麻薬。

＊17頁17行　**綉簾**《しゅうれん》　「綉」は綿の一片。ぬいとりをしたすだれのこと。
＊17頁17行　**羅綾**　うすぎぬとあやおり。高級な衣服。
＊18頁1行　**掻頭**《そうとう》　かんざし。
＊18頁1行　**双鬢**《そうかん》　頭の左右を角のように束ねる髪の結い方。総角《あげまき》。
＊18頁2行　**扈従**《こしょう》　高い身分の人につき従うこと。
＊18頁2行　**絳紗**　赤いうすぎぬ。
＊18頁2行　**紅瞼**　赤く美しい顔。紅顔。
＊18頁3行　**彳立**《てきりつ》　たたずむ。
＊18頁13行　**十月朝**《じえちょう》**の祭**　「十月朔日を十月朝という。先祖の墓所へ詣で香り燭供物等いたし礼拝す」（『清俗紀聞』巻之一「年中行事」）
＊18頁13行　**孔夫子**《こんふうつう》**の聖誕**　孔夫子（孔子。紀元前五五一～紀元前四七九）は中国・春秋時代の思想家。儒家の祖。「十一月四日、孔夫子の聖誕には人により堂上に聖像を祭り香燭をそなえ礼拝す」（『清俗紀聞』巻之一「年中行事」）。
＊20頁3行　**貘**《ばく》　中国では、人の悪夢を食うと言われる想像上の動物に重ねられる。
＊20頁7行　**英明**　才知の優れたこと。乾隆帝を指している。
＊20頁8行　**十八省**　中国本土を指し、清代頃から使われた表現。
＊20頁8行　**鼓腹撃壌**《こふくげきじょう》　泰平の世の形容。腹つづみを打ち、地面を叩いて歌うことから、平和な生活を楽しむさまをいう。『十八史略』の故事による。
＊20頁10行　**上燈**《しゃんてん》**の日**　正月十三日。

＊20頁10行　**落燈《ろてん》の日**　正月十八日。

＊20頁10行　**燈夜《てんやー》**　「燈夜」に関する記述は『清俗紀聞』巻之一「年中行事」に拠る（細江光、前出）。

＊20頁11行　**綵燈《さいとう》**　ランタン。かざり燈籠。ちょうちん。

＊20頁12行　**糸竹**　弦楽器と管楽器。音楽のこと。

＊20頁15行　**法華**　ここでは日本の日蓮宗のこと。その別称。

＊20頁15行　**お会式《えしき》**　日蓮宗で宗祖の忌日（十月十三日）に営む法会。法要。

＊20頁15行　**龍燈馬燈獅子燈**　龍燈《ロンテン》踊りは玉にたわむれる龍のさまを演じ、馬燈《マーテン》踊りは張子の馬を腰につけ、馬を駆って進むさまを演じる（東洋文庫版『清俗紀聞1』一九六六、注）。清俗紀聞』巻之二「家居」に図版あり。

＊20頁16行　**金鑼**　どら。ゴング。古くはたんに金ともよばれた。『清俗紀聞』巻之二「居家」に図版あり。

＊21頁2行　**榻《とう》**　横になれる長椅子。

＊21頁5行　**戯台**　ぶたい。舞台。

＊21頁6行　**傚戯《つおーひー》**　おどり。「燈夜の間は市中の空地に戯台《ヒイダイ》（ぶたい）を拵へ傚戯《つおーひー》（おどり）を催す」（『清俗紀聞』巻之一「年中行事」）。

＊21頁14行　**行燈《ひんてん》**　正月十五日の元宵節の夜にかつぎ廻る大燈籠。

＊21頁16行　**猩々緋《しょうじょうひ》**　黒みを帯びた、臙脂《えんじ》よりも赤みの濃い深紅色。

＊21頁17行　**轎《きょう》**　かご。肩でかつぎあげるかご、輿。

＊22頁5行　**喧囂**《けんごう》　さわがしく、やかましいこと。喧々囂々。

＊22頁7行　**轎車**　輿の付いた車。箱馬車。

＊22頁12行　**其の頃は……欧人の姿を見かける時代**　イギリス等の欧州諸国との貿易が盛んだった。

＊24頁4行　**人魚**　上半身が人間、下半身が魚の尾鰭の想像上の生き物。マーメイド（海の乙女）。その美しい歌声で誘惑し船を遭難させるという魅惑的存在は、セイレーンやオンディーヌの伝説を生んだ。ハーバート・ブレノン監督、アンネッテ・ケラーマン主演の人魚映画『海神の娘　Neptune's Daughter』（一九一四年製作、一九一七年〔大正六〕二月十七日〔浅草・帝国館〕公開）は「痴人の愛」（一九二四～二五）にも登場する。

＊24頁7行　**西人**　西方の人。西欧人。

＊24頁10行　**Umlaut**　ウムラウト。ゲルマン語、とくにドイツ語で、母音が後続の母音の影響を受けて音が変化する現象。

＊24頁14行　**姣童**　「姣」はみめよい、うつくしい。美しい子ども。

＊24頁15行　**大門**　居家の正面に位置し、左右に開く二枚扉のある門。

＊24頁15行　**儀門**《にいもん》　大門の二間《ま》三間《ま》内側にある門。民家にはなく、官家にのみあるものだが、先祖に官に就いた者がある家には儀門を設けている。

＊24頁16行　**樹林泉石**　「樹林」は樹木の密生しているところ。「泉石」は泉水と庭石。

＊24頁16行　**内庁**《ぬいでん》　来客、酒宴に用いる奥座敷。

＊25頁1行　**稽首**　頭を地に着くまで下げてする礼。

＊25頁3行　**珊瑚《さんご》島**　西沙諸島（パラセル諸島）のクレスセント諸島の西部に位置する島の一つ。一九〇九年（清代）に島からサンゴが発見されたことから命名された。

＊25頁17行　**蛮夷**　えびす。外国人をあなどっていう語。蛮人。

＊26頁8行　**媽港《まこう》**　マカオ。中国南部の広東湾口にある旧ポルトガル領。澳門。阿媽港。

＊26頁13行　**亜拉比亜《アラビア》**　Arabia インド洋に突き出たアジア大陸南西端のアラビア半島。

＊26頁13行　**金剛石**　ダイヤモンドの別称。

＊26頁13行　**交趾《コーチ》支那**　Cochin-china ベトナム南部のメコン川下流地方のヨーロッパ人による旧称。中心都市はホーチミン（旧サイゴン）。

＊26頁13行　**紅宝石**　紅玉石。ルビー。

＊26頁14行　**安南**　Annam ベトナム人の建てた国家の名。唐代の安南都護府に由来する。

＊26頁14行　**暹羅《シャム》**　タイ王国の旧称。寺島良安の『和漢三才図会』（一七一二）に「しやむろ」のルビがある。

＊29頁5行　**苑囿《えんゆう》**　鳥や獣を放し飼いにする庭。

＊29頁13行　**玲瓏**　うるわしく照り輝くさま。

＊29頁14行　**縷々**　絶えず続くさま。

＊30頁6行　**幽婉**　ものしずかにして、やさしくしとやかなこと。

＊30頁11行　**竦震**　恐ろしくて身がすくむこと。

＊32頁2行　**瑰麗《かいれい》**　例がないほど綺麗なこと。非常に美しいこと。

＊32頁14行　**観相術**　容貌や骨相から性質や運勢を判断する人相占い。中国では相人術と呼ばれ、

清代にはさまざまな文化に影響を与えたという。

＊32頁16行　**妖婉**　あやしくあでやかに美しいこと。

＊33頁4行　**杳遠**《ようえん》　遠くかすかに見えるさま。

＊33頁4行　**暈影**《うんえい》　輪郭がはっきりとせず、滲んだようにぼんやりとしているさま。

＊33頁4行　**朗麗**　ほがらかでうるわしい。

＊33頁4行　**曜映**　ひかりかがやくさま。

＊33頁7行　**新月眉**　三日月の形をした美しい眉毛。

＊33頁7行　**柳葉眉**　目の端から端までの長さで滑らかなカーブを描いた眉毛。

＊33頁7行　**伏犀**《ふくさい》**鼻**　「伏犀」は額の中央から頭頂に至る骨骼の名。

＊33頁7行　**胡羊**《こよう》**鼻**　「胡羊」はアラビアに産する羊の一種。

＊34頁1行　**皓潔**《こうけつ》　真っ白でけがれなく清らかなこと。

＊34頁4行　**皎々**《こうこう》　白くひかりかがやくさま。

＊34頁6行　**白毫**《びゃくごう》　白い巻き毛。仏の眉間にあり光明を放つとされる縮れた白毛。

＊34頁7行　**鬖々**《さんさん》　髪やものがみだれ垂れるさま。

＊34頁7行　**旋螺**《せんら》　うずまき。

＊34頁8行　**軽羅**　軽いうすぎぬ。

＊35頁2行　**麝香**　中央アジア、雲南地方に産する香料の一種。芳香が強く、薫物《たきもの》や薬料にも用いる。

＊35頁10行　**ライン河**　Rhein アルプス山脈に源を発し、スイス、ドイツ、フランスを流れ、オ

ランダで北海に注ぐ川。

＊35頁10行　**人魚が住むと云ふ話**　ライン川中流のドイツ領内にあるローレライの岩に棲むという水の精霊（人魚）が、その美しい歌声で船乗りを誘惑し、次々と船を遭難させるというローレライ伝説。

＊35頁13行　**私の国の詩人や絵師**　詩人ではドイツの詩人ハイネが有名で、日本では、その詩集『歌の本』（一八二七）の「帰郷」にある「なじかは知らねど心佗びて」（近藤朔風訳詞、ジルヒャー作曲）という歌い出しのローレライの歌が『女声唱歌』（一九〇九）に掲載され、よく知られている。ほかにアンデルセン『人魚姫』（一八三七）、オスカー・ワイルド『漁師とその魂』（一八九一）など。画家ではアーノルド・ベックリン（「波の戯れ」一八八三、「静かな海」一八八七）、フレデリック・レイトン（「漁夫とセイレーン」一八五六〜五八）、ウィリアム・ウォーターハウス（「セイレーン」一九〇〇、「マーメイド」一九〇一）、ハーバート・ジェームズ・ドレイパー（「ユリシーズとセイレーンたち」一九〇九）等の作品が知られている。

＊36頁6行　**纖妍**　ほそくみがきがかかった美しさ。小づくりで美しい。

＊38頁13行　**姚冶《ようや》**　美しくなまめかしいこと。

＊38頁17行　**嗟嘆**　なげくこと。

＊39頁17行　**胡乱《うろん》**　疑わしい。あやしくうさんくさい。

＊40頁11行　**瑩々《えいえい》**　光り輝く。珠玉が放つ光や輝き。

＊40頁12行　**夭姣《ようこう》**　若く美しいさま。

＊40頁13行　**嫦娥《じようが》**　月世界に住む美女。

＊40頁15行　**紹興酒**　中国・浙江省紹興地方に産する黄酒の総称。老酒。糯米などを原料とした醸造酒。

＊40頁15行　**玉盞**　美しい盃。

＊41頁4行　**ビアヅレエ**　Aubrey Vincent Beardsley オーブリー・ヴィンセント・ビアズリー。一八七二〜九八。イギリスの挿絵画家。黒白のペン画を得意とし、ワイルドの『サロメ』、ポーの『黒猫』の挿絵が有名。

＊41頁4行　**The Dancer's Reward**　「踊り手の褒美」。戯曲『サロメ』の挿絵の一枚。大皿に載せられたヨカナーンの首を手にする黒衣のサロメの顔は微笑んでいるようにも見える。「白樺」一九一〇年（明治四十三）六月号に、「舞姫の得たるかづけもの」と題して、この挿絵が掲載されている。

＊41頁4行　**サロメ**　Salome 一八九三年、オスカー・ワイルドがフランス語で書いた戯曲『サロメ』に登場する王女の名。翌九四年、ビアズリーの挿絵入りの英訳版が出た。日本には森鷗外の、「歌舞伎」一九〇七年（明治四十）八月号の「脚本「サロメ」の略筋」と、「歌舞伎」一九〇九年（明治四十二）九〜十月号の「戯曲サロメ」（翻訳）で初めて紹介された。一九一二年（明治四十五）三月の文藝活動写真会第一回（有楽座）、第二回（横浜喜楽座）の上映作品の中にワイルド「サロメ」があった（田中純一郎『日本映画発達史Ⅰ』一九五七、中央公論社）。一九一五年（大正四）は下山京子（三月）、松井須磨子（四月）、川上貞奴（五月）が続けてサロメを演じてサロメブームとなり、松井の舞台を見た奇術師松旭斎天勝は魔術応用劇「サロメ」（七月十日、有楽座）を公開した。半裸体の曲線美で挑発的な天勝のサロメは空前の

ヒットとなった（河合勝・長野栄俊・森下洋平『近代日本奇術文化史』二〇二〇・九、東京堂出版）。

＊41頁12行　**放肆**《ほうし》　勝手気ままでしまりのないこと。わがまま。

＊41頁14行　**窈渺**《ようびょう》　ひろびろとしたさま。「窈」には、たおやかでなまめかしいさま、という意もある。

＊42頁5行　**メッシナの海峡**　Stretto di Messina シチリア島とイタリア半島の間の海峡。

＊42頁5行　**ナポリ**　Napoli イタリア南部の港湾都市。近くにあるベスビオ火山、ポンペイ遺跡で知られる観光都市。

＊42頁8行　**昔は船人が……誘ひ入れた**　美しい歌声で船乗りを誘惑して、船を難破させる話がギリシヤ神話にある。ホメロスの叙事詩『オデュッセイア』に、オデュッセウス（ユリシーズ）たちをセイレーン（人魚）がその歌声で誘惑しようとする場面がある。

＊44頁4行　**瞑目**　目をつぶる。

＊44頁13行　**冷氷**　冷たい氷。

＊45頁8行　**宿業**　現世における幸不幸の果報の原因となる前世の善悪の行為。

＊45頁9行　**其の人を愛する事を……禁ぜられて居る**　人魚の人間との叶わぬ恋はアンデルセンの『人魚姫』などに描かれている。

＊49頁1行　**瀲波**《れんぱ》　揺れ動く波。

＊49頁5行　**玉兎**　月の異称。

＊49頁6行　**妖嬈**《ようじょう》　婦人の美しくなまめかしいさま。

＊49頁7行　**吱呦**《がいゆう》　「吱」は嘆息の声、「呦」はむせぶ声。嘆きむせぶ声のこと。

魔術師

自筆原稿（芦屋市谷崎潤一郎記念館所蔵）では「魔術師　A Poem in Prose.――散文詩――」と副題が記されているが、一九一七年（大正六）一月号「新小説」（初出誌）掲載時には「――散文詩――」が外れ、初刊本（一九一七・四、春陽堂）で英語の副題も外された。

＊53頁9行　**殷富**《いんぷ》　富み栄えること。盛んで豊かなこと。

＊53頁11行　**浅草の六区**　一八八四年（明治十七）、東京府が浅草公園（現東京都台東区）を区画整理してできた浅草公園地第六区。見せ物小屋や映画館等が集まった歓楽街。通称、浅草六区。

＊53頁12行　**頽爛**《たいらん》　「頽」はくずれる、壊れ落ちるの意。「爛」はただれる、きらきら輝くの意。

＊53頁15行　**汚穢**　きたない。けがらわしい。

＊53頁16行　**十二階の塔**　凌雲閣の通称。一八九〇年（明治二十三）十一月に開業。浅草公園に建てられた高さ約五十二メートルの展望塔で、一九二三年（大正十二）の関東大震災で半壊し、解体された。

＊53頁17行　**venal nymph**　金で買われる美しいニンフ、ここでは娼婦のこと。

＊54頁4行　**巧眩**　たくみに人の目をくらます。

＊54頁4行　**炳絢**《へいけん》　あきらかで綾があること。

＊54頁8行　**潰敗**　ついえやぶれて、ばらばらになること。敗頽。

＊54頁12行　**渥味《あくみ》**　濃厚でうまい味。しつこい味。

＊56頁16行　**アムフイセアタア**　amphitheatre 格闘技を観覧するための円形劇場。ローマ市のコロセウムが有名。

＊56頁17行　**Hippodrome**　ヒッポドローム。古代ギリシヤ・ローマの競技場、競馬場。劇場。

＊57頁1行　**活動写真**　motion picture 映画。

＊57頁1行　**Fantomas**　『ファントマ』はフランスのゴーモン社製作の全五部作の連続活劇（映画）（一九一三〜一四）。ピエール・スーヴェストルとマルセル・アラン共作による、変装の達人ファントマが主人公の大衆小説シリーズをルイ・フイヤード監督が映画化したモノクロのサイレント映画（一九二七年にアメリカのワーナー・ブラザースが配給したアラン・クロスランド監督の『ジャズ・シンガー The Jazz Singer』が世界初のトーキー映画で、それ以前の映画は無声映画だった。多くが伴奏音楽と弁士の説明付きで上映された）。日本では一九一五年（大正四）五月九日、浅草・電気館で公開された。

　自筆原稿（前出）では映画のタイトルは「Zigomar」（ジゴマ）となっている。『ジゴマ』（一九一一）はフランスのエクレール社製作の犯罪映画。レオン・サジーの探偵小説をヴィクトラン・ジャッセ監督が映画化した。パリ市内を覆面の怪盗ジゴマが神出鬼没の活躍をする連続活劇。『ファントマ』『プロテア』（後述）とともに、アメリカでも流行した連続活劇の嚆矢といわれる。連続活劇とは、一九一〇〜二〇年代にかけて流行した上映形式で、現在のテレビドラマのように二〇分程の短篇映画を毎週一本ずつ公開し、おおよそ十五本で完結させるため、観客は見逃すまいと毎週映画館に足を運ぶことになった。一九一一年（明治四十四）十一月十一日から浅草・金竜館で公開されると、ジゴマ・ブームが巻き起こった。映画を真似た青少年による犯罪を誘発して社会問題となり、粗悪な日本製ジゴマ映画も作られ、映画の検閲制度が強まり、翌一二年（大正元）十月二十日に警視庁はジゴマ映画を上映禁止とした。谷崎は『ジゴマ』について、「俗悪」で「随分出鱈目な不自然な筋ではあるが、あれ全体を一箇の美しい夢だと思へばいいのである」と「映画雑感」（一九二一・三「新小説」）で述べている。

　本作における『ジゴマ』から『ファントマ』への改稿は、『ジゴマ』が上映禁止となったこと、また「『ファントマ』公開の方が「魔術師」執筆時期に近く、なおかつ連続映画としての観客の鑑賞熱を刺戟していたため」（佐藤未央子『谷崎潤一郎と映画の存在論』二〇二二・四、水声社）であろう。

＊57頁2行　**Protea**　『プロテア』はフランスのエクレール社製作の女スパイ映画（一九一三）。『ジゴマ』のヴィクトラン・ジャッセ監督は、『ジゴマ』に出ていた女優ジョゼット・アンドリオに身体の曲線を際立たせた黒いボディースーツの女スパイ「プロテア」を演じさせた。撮影中に監督は急死したが、他の監督が完成させた。一九一三年（大正二）十二月一日、浅草・電気館で公開された。

＊57頁5行　**ホオマア**　**Homer**　紀元前八世紀頃の古代ギリシヤの詩人ホメロス。代表作は叙事詩『イリアス』『オデュッセイア』。

＊57頁5行　**イリアツド**　**Iliad**　ホメロス作。トロイア戦争を描いた長編叙事詩『イリアス』。「イリアッド」は英語名。映画『イリアッド』は、監督ジョヴァンニ・パストローネで、イタリアのスペクタクル映画。文藝活動写真会（第四回）で一九一二年（明治四十五）六月五、六両日、

有楽座で公開された（田中純一郎、前出）。

＊57頁6行　**ダンテ**　Dante Alighieri　一二六五〜一三二一。イタリアのフィレンツェ出身の詩人、哲学者、政治家。代表作の叙事詩『神曲』は地獄篇、煉獄篇、天国篇の三部で構成されている。

＊57頁6行　**地獄**　L'Inferno　イタリア映画『地獄篇』（一九一一）はダンテの「地獄篇」（『神曲』）をジョゼッペ・デ・リグオーロ監督がミラノ社で製作し、一九一一年三月一日にナポリで上映された。アメリカ・ニューヨークで上映されたときのタイトル（ポスター）には「DANTE'S INFERNO」とある。

＊57頁7行　**西遊記**　中国明代の白話小説（十六世紀成立）。これを吉沢商店が映画化して一九一一年（明治四十四）十二月一日に公開している。続いて一九一六年（大正五）には小松商会が製作・公開した。「魔術師」発表後ではあるが、天活（天然色活動写真株式会社）は人気俳優沢村四郎五郎を主演に製作し、一九一七年（大正六）一月に前篇、三月に後篇を公開した」（佐藤未央子、前出）。

＊57頁7行　**西梁女国**《さいりょうじょこく》　「西遊記」で天竺へ取経の旅をする三蔵法師一行が立ち寄った、女しか住んでいない国。

＊57頁7行　**艶魔**　「艶」はみめよい、うつくしい、あでやかの意。女しかいない国の、男を求めるあでやかな女たちのことであろう。

＊57頁7行　**ポオ**　Edgar Allan Poe　エドガー・アラン・ポー。一八〇九〜四九。アメリカの詩人・小説家。怪奇幻想の短篇小説を得意とする。「モルグ街の殺人」（一八四一）により推理小説の開祖といわれる。谷崎はポーの短篇 "The Fall of the House of Usher"（一八三九）を「ア

ツシヤア家の覆滅」の題で翻訳（一九一八・七〜八「社会及国家」（未完））している。「魔術師」執筆以前にポオ小説の映画化作品の日本公開記録はみあたらない。谷崎は本作の約半年後の一九一七年（大正六）九月号「新小説」に発表した「活動写真の現在と将来」において、本作でも引用した文学作品を挙げ、「芝居にする事の出来ないダンテの神曲とか、西遊記とか、ポオの短篇小説（中略）は、きつと面白い写真になると思ふ。就中《なかんずく》ポオの物語の如きは、写真の方が却つて効果が現はれはせぬか」と、ポオ作品の映画化を夢想している。またポーは、催眠術に関心を持ち、催眠術を施した半睡半醒の男との会話を記録した対話形式の小説「催眠術の啓示 Mesmeric Revelation」（一八四四）を発表している。

＊57頁10行　**The Black Cat**　「黒猫」。一八四三年に発表されたポーの短篇小説。可愛がっていた黒猫を殺した男がそれとそっくりの猫に追い詰められていくゴシック風の恐怖小説。一八八七年（明治二十）に饗《あえ》庭《ば》篁村《こうそん》が翻訳し、日本におけるポー作品の最初の翻訳紹介となった。自筆原稿（前出）にはこの“The Black Cat”の直前に、「“The murders in the Rue Morgue”の中に描かれた猛獣の動作が、生き生きとした絵画となつて事実そのまゝに演ぜらる光景を、ちよつとでも考へて御覧なさい。或は又」と書かれていたが、初出誌掲載時に削られた。この“The murders in the Rue Morgue”（「モルグ街の殺人」一八四一）は密室で起きた母娘殺害事件を探偵オーギュスト・デュパンが解決する話で、犯人の意外性や結末に推理を披露したことから、史上初の推理小説とされている。

＊57頁10行　**The Pit and the Pendulum**　「陥穽と振子」。一八四三年に発表されたポーの短篇小説（その後、手直しされたものが一八四五年に出た）。捕らえられた語り手の男が、牢獄内

の仕掛けによって命を脅かされる様子が描かれる。

＊57頁12行　**幻燈劇**　「幻燈」は写し絵のことだが、ここは活動写真館で見る映画のこと。

＊59頁8行　**鬼魅**《きみ》　鬼やばけもの。妖怪変化。

＊60頁3行　**アーク燈**　アーク（弧）状放電を利用した白熱光の電灯。一八八二年（明治十五）十一月、東京銀座で二千燭光のアーク燈が点灯したのが「わが国電灯点火の嚆矢」（石井研堂『明治事物起原』第十九編住居部）。

＊60頁3行　**虹霓**《こうげい》　虹のこと。

＊60頁3行　**潺湲**《せんかん》　水がさらさら流れるさま。せせらぎ。

＊62頁2行　**イルミネエシヨン**　illumination 多数の電灯で飾ること。電飾。

＊62頁4行　**青楼**　揚屋。遊女屋。

＊62頁4行　**岐阜提灯**　美しい模様の描かれた美濃紙で作られた提灯。丸い形の御殿丸、三本脚が付いた据え置き型の大内行燈もあるが、ここは岐阜提灯の代名詞でもある長卵型の吊り提灯の御所提灯を指している。

＊62頁4行　**根掛け**　丸い玉に紐を通したもの。

＊62頁8行　**阿修羅**　インド神話では悪の戦闘神で表情は忿怒相。三面六臂（三つの顔と六本の腕）の奈良・興福寺の国宝・阿修羅像が有名。

＊62頁17行　**ジオヴンニ・セガンテイニ**　Giovanni Segantini 一八五八〜九九。イタリアの画家。アルプスの風景を多く描く一方、退廃的な画風でも知られる。「白樺」一九一〇年（明治四十三）十月号で南薫造は「ヂオヴアンニ・セガンチニ」（評論）で『贅沢の罰』という絵画につ

いて、「人の世で贅沢をし尽したる女の亡者が碧く澄み切つた空の下、一面に広がる雪の野の上に、野面を僅か離れて浮いて望みなく漂ふて居る。蒼い天、白い山と野、淡薔薇色をした浮漂せる女人の群れ、只だ美しい一の詩である」と紹介した。この絵（構図）は本文の「淫楽の報い」と同一のものと思われる。同号にこの絵の掲載はないが、背景が似ている「信仰によって慰めらるゝ悲み」が掲載されている。

＊62頁17行　**「淫楽の報い」**　The Punishment of Lust「淫蕩の罰（涅槃のプリマ）」とも訳される。一八九一年作。青空と雪山を背景に、横になった二人の女性が空中を漂っている構図。前項の『贅沢の罰』と同じ絵であろう。

＊64頁17行　**大《たい》廈《か》高《こう》楼《ろう》**　大きくて立派な建物。

＊64頁17行　**フエアリー・ランド**　fairyland おとぎの国。桃源郷。

＊65頁1行　**巍《ぎ》々《ぎ》**　高く大きいさま。

＊65頁5行　**輻《や》**　車輪の中心から外側の輪に向かって出ている放射状の細い棒。

＊65頁6行　**赫《かく》爍《しやく》**　赤くひかり輝くさま。

＊65頁6行　**光《こう》箭《せん》**　光の矢。

＊65頁8行　**チヤリネ**　Chiarini サーカスの別称。曲藝師。

＊65頁11行　**翺《こう》翔《しよう》**　鳥が高く飛び回ること。遊び回ること。

＊65頁14行　**両国の川開き**　納涼の季節開始に行う水難防止祈願の行事で、東京・隅田川の両国川開きのこと。

＊65頁15行　**大文字山の火**　お盆の精霊送り火。八月十六日夜八時に、京都市東山連峰の大文字

山（如意ヶ嶽の西峰。標高四六六メートル）の山腹に大の字になるように組んだ松割木に点火する。山麓に慈照寺銀閣、法然院（谷崎潤一郎の墓所）がある。

＊66頁2行　**最後の審判**　キリスト教で、世界の終わりに人類が神によって裁かれること。

＊66頁2行　**Doom's Day**　キリスト教の最後の審判の日。世界滅亡の日。

＊66頁9行　**参差**《しんし》　入り交じっていること。

＊66頁10行　**金閣寺**　京都市北山にある臨済宗の寺院鹿苑寺内にある金箔を貼った舎利殿。室町幕府第三代将軍足利義満の時代に建てられた。

＊66頁10行　**サラセニック**　Saracenic サラセン風の。コンドルが設計した上野博物館（一八八一年竣工。旧本館）で試みた建築様式といわれる。

＊66頁11行　**ピサの斜塔**　Torre di Pisa イタリアのピサ市にある大聖堂の鐘楼。高さ約五五メートル。不均衡な地盤の上に傾いて建っている。

＊68頁8行　**鎌倉の大仏**　神奈川県鎌倉市長谷にある浄土宗の寺院高徳院に露座する金銅の阿弥陀如来。高さは台座を含めて一三メートル余。

＊68頁15行　**櫛比**《しつぴ》　櫛の歯のように、すきまなく並んでいること。

＊70頁2行　**竦然**《しょうぜん》　恐れてひどくすくんでしまうさま。

＊70頁10行　**怯懦**《きょうだ》　臆病で気の弱いこと。

＊73頁6行　**閙嚷**《どうじょう》　さわがしい。

＊73頁13行　**アルンハイムの領地**　The Domain of Arnheim 一八四七年に発表されたポーの短篇小説。巨万の富を相続した男エリソンがその金でアルンハイムに人工楽園をこしらえる話で、

風景（人工）庭園小説といわれる。

＊73頁14行　**ランダアの小屋**　Landor's Cottage　一八四八〜四九年に発表されたポーの短篇小説。「『アルンハイムの地所』の続篇」という副題が付けられた、ランダー氏の住居の様子を伝える風景庭園小説。一九一四年（大正三）十二月、「東京朝日新聞」に連載された谷崎の「金色の死」がこれらポーの二作品に影響を受けていることはよく知られている。

＊74頁10行　**ベックリン**　Arnold Böcklin　一八二七〜一九〇一。スイス出身の象徴主義、世紀末芸術の画家。代表作「死の島」。

＊74頁10行　**死の島**　一八八〇〜八六年にかけて同一のモチーフで五点描かれた絵画。一九〇四年（明治三十七）六月号「明星」は「ベクリンの傑作『死の島』『夏』の二篇」を「在英平田禿木《とくぼく》寄」として掲載紹介した。

＊75頁4行　**Silhouette**　シルエット。影絵。

＊75頁7行　**白楊樹**《はくようじゅ》　ヤナギ科の落葉高木。はこやなぎ。どろのき。

＊76頁12行　**不忍池**《しのばずのいけ》　上野公園の南端にある天然の池。周囲約二キロ、面積約一一万平方メートル。

＊76頁16行　**磑々**《がいがい》　大きな石が折り重なっているさま。

＊76頁17行　**戛々**《かつかつ》　火の光がさかんなさま。

＊78頁6行　**突兀**《とつこつ》　岩などが高く突き出ているさま。

＊78頁7行　**磊々**《らいらい》　石が重なり集まっているさま。

＊80頁1行　**回々教徒**《ふいふいきようと》　「回教」はイスラームのことで、従来漢字文化圏での表記であったが今

日ではあまり使われていない。かつて、「回々《ふいふい》」と呼ばれていたことがある。女性はヒジャーブ（隠すことを意味するアラビア語）というスカーフで身体や髪・顔を覆うことがある。

＊80頁5行　**ナポレオン**　Napoléon Bonaparte 一七六九～一八二一。フランス皇帝（一世）。フランス革命後、第一帝政を開く。ナポレオン帽（二角帽子）を被り、馬にまたがる絵画は有名。

＊80頁6行　**ビスマルク**　Otto von Bismarck 一八一五～九八。ドイツの政治家。プロイセン首相。ドイツ統一後はドイツ国宰相を兼ねる。鉄血宰相。明治政府の政治家はビスマルクの髭をよく真似ていた。

＊80頁6行　**バイロン**　George Gordon Byron 一七八八～一八二四。イギリスロマン派の代表的詩人。代表作に『ドン・ジュアン』（一八一九～二四）。

＊80頁7行　**ネロ**　Nero Claudius Caesar 三七～六八。ローマ帝国第五代皇帝。ギリシャ文化を愛する詩人でもあり、キリスト教迫害により暴君と呼ばれることもある。一九一二年（明治四十五）三月、文藝活動写真会第一回（有楽座）、第二回（横浜喜楽座）の上映作品の中に「暴君ネロ」がある（田中純一郎・前出）。

＊80頁7行　**ソクラテス**　Socrates 紀元前四七〇～紀元前三九九。古代ギリシヤの哲学者。

＊80頁7行　**ゲエテ**　Johann Wolfgang von Goethe 一七四九～一八三二。ドイツの詩人、作家、劇作家。小説『若きウェルテルの悩み』（一七七四）、戯曲『ファウスト』（一八〇六～三一）など。

＊80頁7行　**ドン・ファン**　Don Juan 伝説上の人物。スペインのティルソ・デ・モリーナ（一五八〇頃～一六四八）の戯曲『セビリアの色事師と石の招客』（一六三〇頃）の主人公。女た

らし、漁色家の代名詞。

＊80頁16行　**辮髪《べんぱつ》**　頭髪の一部を残して剃り落とし、中央に残った髪を編んで後ろへたらした髪形。清朝滅亡まで続いた中国の男子の髪形。

＊80頁16行　**頭帕《タアバン》**　turban 頭に巻く帯状の布。中東やインドの男性が用いる。

＊80頁16行　**ボンネット**　Bonnet 額を出して頭を覆った女性用の帽子。顎の下で紐を結ぶ。

＊80頁17行　**紅蓮白蓮**　客席のカラフルな頭飾りや帽子が並んだ様子を、多くの紅白の蓮の花が揺れる光景にたとえた表現か。

＊81頁2行　**瀟洒**　すっきりしてあか抜けしたさま。

＊81頁7行　**袍衣《トーガ》**　toga 一枚の布を身体に巻き付けた古代ローマの上着。

＊81頁12行　**プログラム**　歌舞伎の演目表のように、「一、空中催眠術　松旭斎天一」とその日の演目と演者をすべて並べて紹介する番組表のこと。

＊81頁13行　**前古未曽有《ぜんこみぞう》**　昔からまだ一度もないほど珍しいこと。

＊81頁15行　**メスメリズム**　mesmerism ドイツ人医師フランツ・アントン・メスメル（一七三四～一八一五）が提唱した動物磁気説（すべての生物には見に見えない自然の力がある）は当時メスメリズムと呼ばれた。これはのちに催眠術へ発展する先駆的形態で、メスメルの名は英語の mesmerize（催眠術をかける）の由来となった。松旭斎天一は一九〇六年（明治三十九）に「空中メスメリズム」という催眠術を演じている（『近代日本奇術文化史』前出）。

＊82頁3行　**時間の短縮**　これに類するものとして、箱に種を蒔き、一度蓋をして開けると花の芽が出ているという「菜種、即座に生える法」、浅い箱の中に種をまいてから蓋をかぶせ、呪

文を唱えて蓋を取ると、色鮮やかな花が出現して満開となる「種まき花生《はないけ》」等の西洋奇術がある（『近代日本奇術文化史』前出）。

＊82頁6行　**亭々**《ていてい》　樹木が高くそびえ立つさま。

＊84頁3行　**人身変形法**　これに類するものとして、袴姿の松旭斎天一が傘を広げて立ち上がると女性になり、続いて車夫に、書生に、医者に、神官に、軍人になるという衣装早替りの「七変化」という奇術劇がある。「男女変化術」は松旭斎天一がステッキを振り上げると、舞台に大きなキャビネットが現れ、その扉を開け女性を入れて扉を閉め、再び開けると男性が現れる。同様のことが繰り返され、三人の女性と二人の男性は、最後には天一がステッキを振るたびに一人ずつ消えていくといい奇術。ほかにも、棒の上に人形の首を載せ、そこに顔を描き口紅を塗り「アブラカタブラ」と呪文を唱えると、人形に魂が入って、本物の人間になって踊り始める「人造人間」、虎とゴリラの入った檻を回転させた後、扉を開けると二頭は美女に変身してあらわれる「猛獣と美女」等の西洋奇術がある（『近代日本奇術文化史』前出）。

＊84頁8行　**艶冶**《えんや》　なまめいて美しいこと。

＊84頁8行　**阿娜**《あだ》　たおやかで美しい、なまめかしく色っぽいさま。婀娜。

＊84頁14行　**曠古**《こうこ》　前例がないこと。前代未聞。未曽有。空前。

＊85頁1行　**優婉**　やさしくしとやかなこと。美しくあでやかなこと。

＊85頁7行　**コウカサスの種属**　コーカサスCaucasusは黒海とカスピ海に挟まれたコーカサス山脈の周辺地域カフカスの英語名。現在はコーカサス山脈を境にして北にはロシア連邦が、南にはジョージア、アゼルバイジャン、アルメニアの三共和国がある。本文にもある「白人種」

「蒙古人種」「黒人種」をかつては三大人種とよんでいた。本作に登場する魔術師は、このいずれでもなく、「世界中で美人の産地と云はれて居るコウカサスの種属」に近く、「エキゾテイツクな魅力」を持っているという設定である。本作以後、「アヹ・マリア」（一九二三年〔大正十二〕新年号「中央公論」）には「露西亜人」の美少女ニーナやソフイアが登場し、「肉塊」（前出）の女優グランドレンはその眼、髪、顔の色から単なる白人ではなく「東洋的なところ」があり、「アフガニスタンとか、高加索《コーカサス》とか、さう云ふ所に生れた女はあんな肌の色をしてゐるんじやないかね」という「混血」の美少女であり、「痴人の愛」（前出）の「露西亜人」の美人舞踏教師シユレムスカヤ夫人など、当時の谷崎の描く美人には白人至上主義の傾向が見られる。

＊86頁14行　**夢遊病者**　睡眠の途中、起き上がって歩き回り、その間にした行為をあとで何も記憶していないという人。夏目漱石も「明暗」（一九一六年〔大正五〕五〜十二月）で、主人公の津田を「夢中歩行者」（百七十七）、「夢遊病者」（百八十二）とよんでいる。

＊87頁15行　**婆羅門**《ばらもん》　brahmana　バラモン教。バラモン教徒は両手を額の前に揚げて合掌して祈る。

＊88頁7行　**綵扇**《さいせん》　さまざまな模様を施して美しく彩られた扇。

＊88頁15行　**震駭**《しんがい》　恐れ、あるいは驚いてふるえあがること。

＊90頁14行　**催眠術**　メスメル（前出）の「動物磁気」をイギリスの外科医ジェームズ・ブレイド（一七九五〜一八六〇）が「催眠術 Hypnotism」と命名した。ブレイドは催眠状態は磁気によるのではなく、言語や動作などを用いた特殊な暗示による心理的な作用であると説明した。睡眠とは異なり、意識のせばまった特殊な状態で、術者によって与えられた命令や暗示だけに

従う。催眠法。日本で「催眠術」という語が一般的になるのは一八八八年（明治二十一）頃とされるが、一九〇八年（明治四十一）九月二十九日公布の「警察犯処罰令」により催眠術興行が軽犯罪として取り締まりの対象とされ、「催眠術」「メスメリズム」の語が興行に用いられなくなった（『近代日本奇術文化史』前出）。

本作のすぐあとの一九一七年（大正六）三～四月（「福岡日日新聞」）に発表した「小僧の夢」の次の記述から、当時の谷崎の「魔術」と「催眠術」に対する理解が垣間見られる。「魔術と申しましたところで、世間普通の手品などゝは違つて居りまして云はゞ、最新の学理に基き、廿世紀の心理学を応用いたしましたるところの、高尚なる、複雑なる催眠術の一種でござります。そも〳〵此の催眠術と申しますのは、（中略）皆様方がとつくに御承知の筈でございまして、普通の手品などゝは異なり、種も仕掛けもない、全く霊妙不可思議なる精神の作用に依るものださうでございます。」

＊93頁6行　**半羊神**《ファウン》　Faunus 四足獣の下半身をもち、羊のような角を持つ獣、または人。ギリシャ神話のパンと同一視される。半人半羊の牧神。谷崎はすでに一九一四年（大正三）十二月発表の「金色の死」（東京朝日新聞）で、「半羊神《フオオン》に扮」する登場人物岡村君を描いている。

＊95頁10行　**驀然**《ばくぜん》　まっしぐらに進むさま。

解説

中井英夫

「人魚の嘆き」と「魔術師」は、ともに大正六年（一九一七年）に「中央公論」と「新小説」の一月号に発表された、初期の作品群の中でもやや風変りな異色作である。単行本としては二作併せて大正八年八月に春陽堂から水島爾保布の装画二十点余りに飾られ、縦長い大判の絵本の体裁で刊行された。だがビアズレーの「サロメ」を模したその装画が、原作の鋭どさにはいささか遠い大正風な印象を与えるように、小説もまた六十年あまりも前の作である。文体も古風なら見慣れぬ漢語も多く、いま唐突にこの二編だけを読むと、いったいこれが何を諷し、作者もまた何をいいたくて書いたのか疑問に思われる向きもあるかも知れない。従ってここではしばらく周辺の事情を探って、当時の文壇の空気や、この二作の生れた背景を掘り起すことにしよう。ひょっとすると巨大な時間の湖で、半ば朽ちかけた帆船の赤錆びた竜骨というイメージを透して、壮麗な帆を張って満月の夜を疾走していた情景が浮かびあがらぬでもないだろうから。

＊

何よりも谷崎潤一郎は初めから終りまで美の使徒だったことを思い返す必要がある。その美の王朝を打ち樹《た》てた谷崎も川端康成も三島由紀夫も彼方へ疾駆し去った現代では、〝美〟などといい出そうものならたちまち不謹慎な失笑さえ洩れるほどで、成田空港の鉄塔同様、いくら建てても〝お上〟の手でこともなく引き倒される時勢となったが、古き良き大正時代には谷崎でさえも、その作品が本当に美そのものとして輝くより先に、生硬さも厭《いと》わず美を守る宣言を下して憚らなかった。

よく知られているように谷崎は明治四十三年（一九一〇年）、二十五歳のとき第二次「新思潮」に「刺青」や「麒麟」を発表、翌年は「少年」「幇間」に続いて「秘密」を文壇への登竜門だった「中央公論」に寄せ、永井荷風の激賞を得て花々しくデビューした。おそらくそれは、

〝……折から朝日が刺青の面にさして、女の背は燦爛とした。〟

という「刺青」の最後の一行ほどにきらびやかで眩ゆい登場だったのであろう。耽美派・悪魔主義と謳われ、「スバル」の北原白秋、吉井勇、長田秀雄、木下杢太郎、佐藤春

夫らとともに反自然主義運動の急先鋒として百花の王、牡丹にも紛《まが》う才能の花を開いたというのが文学史の伝えるところだが、同時にその耽美主義もさほど根の深いものではなく、せいぜい江戸情緒や異国趣味にとどまっていたこと、敵とした当時の自然主義そのものも西洋とは事《こと》違い、島崎藤村、田山花袋、近松秋江、徳田秋声、岩野泡鳴らの名と作品からも窺えるように、一種素朴な人生派にすぎなかったこともいまは文学史上の常識である。

　しかし後世の評価がどこにおちつこうと、時の風潮や気運は異常なまでの昂ぶりを示さずにはいない。ましてこの千九百十年代、世紀末芸術の余波は日本文壇を洗い尽さずにいなかった。ポオ、ボードレール、ネルヴァル、そして時代の蕩児ワイルドの作風は、いまからでは想像もつかぬほどのきらめく金波・銀波として若い作家たちにめくるめく飛沫《しぶき》を浴びせたことであろう。「人魚の嘆き」と「魔術師」の二編は、まさにこの若き日本のワイルドの手によって書かれたもので、それゆえに一連の初期作品よりもさらに頽唐の趣きを深くし、奇想は宙《そら》を走り、漢語は宝玉のごとく鏤《ちりば》められ——そしてまさにその理由によって早く古びもしたのである。すでに昭和三年に谷崎は自身でこういっている。

　〝（この二編は）作者が真に鏤心彫骨の苦しみをもって書いたものであり、当時の文壇では随分評判の高かった作品であるが、今読んでみると、苦心して書いたものが必ずしも寿命が長いとは限らないことを発見する。〟

*

オスカー・ワイルドの名は、完本「獄中記」がようやく日本語に移されたのちも、すでに日本では天上の星であることを止め、もとより金波・銀波のたぐいでもない。それはむしろ優しい淡水湖の漣《さざなみ》に似て、時に睡気を誘うかのようだ。もっともスキャンダラスな事件とされ、それゆえに千九百十年代にはむしろ誇らしくその名を飾ったと思われる男色問題にしても、ダグラスという青年の思いきりのっぺりした馬面の写真を見ると、いくらこんな顔が十九世紀のはやりだったとしても優雅さの底が知れる気がして、気の毒めいた思いさえする。ひとつには戦後の日本に三島由紀夫という華麗奔放を極めた作家が登場し、肝心な男色問題はついに後ろ手に隠すようにして壮烈な死を遂げた影響もあるので、その年譜を追うたび古今東西の天才も光を失う感があるのは自然の成行きであろう。

たとえばワイルドが「幸福の王子」を書いたのは一八八九年、三十五歳のことであり、「ドリアン・グレイの肖像」がその翌年、「サロメ」は一八九二年に生まれている。ところが谷崎が「刺青」を書いた同じ二十五歳に三島はすでに「仮面の告白」を発表し、「人魚の嘆き」の三十一歳という齢《とし》には「金閣寺」から「鹿鳴館」までを書き終えているのである。むろんその作風が一世を風靡し、後世にどれほどの影響を与えたかという点になれば前へさかのぼるほど大きかったに違いないが、〝それはまだ人々が「愚《おろか》」という貴い徳を持ってい〟たからに他ならず、戦後しばらくの三島に対する妬みがいま少し控えられていたらと思わずにいられない。

ところでワイルドや三島において著《いちじる》しい男色問題は、ついに最後まで谷崎には無縁だった。その晩年に〝一度ゲイバアというところへ行ってみたい〟と洩らした由ながら、その初期作品にしばしば登場する美少年は、あくまでも〝女にも見まほしい〟ばかりであって、女人だけを至上至高とする感性は生涯を通じて揺らぐことはなかった。ただひとつ「饒太郎」の中で主人公が、客である若い学生の靴下をずるずると剝ぐようにぬがせて素足を見たいと考えるところだけが、単なる悪趣味とは違った官能の妖しさを示している。

むろん男性の美に対して、終始まったく無関心だったわけではなく、たとえば「人魚の嘆き」でもこんな描写がある。

〝貴公子は人魚を見せられる前に、先ずその異人の容貌に心を動かされたようでした。（中略）その異人の持っている緑の瞳は、さながら熱帯の紺碧の海のように、彼の魂を底知れぬ深みへ誘い入れます。又、その異人の秀いでた眉と、廣い額と、純白な皮膚の色とは、美貌を以て任じている貴公子の物よりも、遥かに優雅で、端正で、しかも複雑な暗い明るい情緒の表現に富んでいるのです。〟

これは女人崇拝にもまして終生変らなかった白人崇拝、西洋への深い憧憬がいわせた言葉であろう。だが「魔術師」となるといささか様相が変ってくる。

〝私は、魔術師が諄々として語り続ける滑かな言葉よりも、むしろ彼の艶冶《えんや》な眉目と阿《あ》娜《だ》たる風姿とに心を奪われ、いつまでもいつまでも恍惚として、眼を瞠《みは》らずには居《お》られませんでした。（中略）一番私の意外に感じたのは、うら若い男子だとのみ思っていたその魔術師が、男であるやら女であるやら全く区別の付かないことです。女に云わせれば、彼は絶世の美男だと云うでしょう。けれども男に云わせたら、或は曠古《こうこ》の美女だと云うかも知れません。〟

いまでも男が男に美を感じるなどというのは変態であるという旧い観念がなお頑ななまで巣くっているのが一般の実情で、そのために両性の美を兼ね備えたアンドロギュノスは口実としても便利なものらしい。バルザックの「セラフィータ」では神学にまで高められて論じられていることが、ここではあっさり風俗の中に溶解させられ、それ以上の発展は望みようもない。また確かに昭和二十四年の「仮面の告白」が出るまで、あるいはジャン・ジュネが伝えられるまで、同性愛が文学の主題になり得ることなど日本では誰も知らなかったし、あえて気づこうともしなかったのである。上田秋成の「青頭巾」というみごとな先例があるにもかかわらず。

同じ大正六年から書き始められた「女人神聖」では、由太郎という美少年が上級生の浜村から思いをかけられ、女のような嬌態を演じることに無上の喜びを感じたりするが、これは当時まだいくらもあった稚児趣味の風俗に加えて、一歩だけ稚児の心理に立ち入ってみたばかりのことで、結局は妹の光子だけが〝ますます美しくなり優って〟、由太郎の方は千束町あたりに落ちぶれて行方知れずになってしまう。

大正七年二月の「少年の脅迫」では、笑い顔の美しい、新橋日吉町に住む紅顔の少年が次第にやくざっぽく変貌し、ついにはBなる作家が〝犬にも劣った、卑しい業をさせられ〟る羽目になるのだが、これはもとより生涯のテーマである美への忍従のバリエーションであって、「少年」や「幇間」、そして「小さな王国」までは無気味な魅力を伴って語られていたマゾヒズムが、ついに度を越したいやらしさを剝き出しにする「愛すればこそ」以下の愛の三部作が、いまは中期の傑作ではなく失敗作とされるに到ったことは喜ばしい。昭和八年の「春琴抄」で再びそれがみごとに甦ったのは、もっぱら格調高い、凜然とした文章に鎧われたためである。もっとも、当時小学生でいながらすでにどっぷりと文学の毒に浸っていた私は、時の新聞広告に〝聖人出づるとも一語も挟む能はずと謳はれた名作〟という惹句を見て大いに憤慨し、聖人なんてものが文学と何の関係があるんだと独りいきまいていた。そして思えばそれは、「人魚の嘆き」や「魔術師」を書いていたころの、美の殉教徒としての谷崎潤一郎の昂ぶりとあるいは似ていたかも知れない。

＊

　鏤心彫骨のあまり一種の美文調で飾り立てたため、この二編の心が現代の読者にあまり素直に届かぬにしても、主題はまったく同じで、美を得るためには地の涯まで追い求め、身を滅ぼすことも半羊神に変ずることも厭わぬというのが、このときの作者の真率な告白であった。それがほとんど使命感のように高揚していたのは半ば時代のせいとしても、このころの谷崎はあらゆる形式に託してそれだけを表現しようとした。むろん主人公の〝貴公子〟も〝私〟も作者自身であって、ここでは一応、日常の自分から突放しているため胸奥の秘密なり内心に巣喰う悪徳なりは除かれているが、この前後の作品にもっとも多く見られるのは、背徳者の〝私〟が地上では指弾され、その代り稀有の天才を秘めて悶々とするパターンである。

　大正五年一月の「神童」は中学四年となって自慰の悪習に沁み、折角の天才もあわやそのために滅びようとするとき、翻然と詩と芸術に眼を開くところで終っているが、続いての「鬼の面」では一高生となった主人公が窮乏のあげく友人から金を借り放しにして行方をくらます。これは六年七月の「異端者の悲しみ」を経て七年の「前科者」「金と銀」等に執拗なまでに続けられている。

〝己はたしかに悪人だ。微塵も誠意のない人間だ。（中略）ただその代り、己の藝術だけは本物だと思ってくれ。己のような破廉恥漢の心にも、あのような素晴らしい美しい創造力があることを認めてくれ。〟

（「前科者」）

〝どうせ己は、この世の中では背徳漢に生れついたのだ。生きている間は散々悪い行いをして、その代り立派な藝術を後世へ遺しさえすればいいのだ。〟

（「金と銀」）

「異端者の悲しみ」でもそれは同じで、ここでは金を貸してくれた友人が死んでしまい、〝うまく解決がついてしま〟うまでにエスカレートするのだが、ただこの作品では死にかけている妹が末期の眼で何もかも見通している描写の凄みや、便所の中でベルグソンの哲学を思い浮かべて得意になったり、いやがる妹から無理に借り出してきた蓄音機が、ぜんまいを巻き忘れたため動かなくなり、壊してしまったかとうろたえたりする滑稽さがほどよくないまぜとなって、のびのびとした〝語り〟の口調は「羹《あつもの》」や「The Affair of Two Watches」から続いて昭和十一年の「猫と庄造と二人のをんな」に結実する旨さを見せ、群を抜いて優れた一編となっている。ただ「異端者の悲しみ」という題はいかにも大げさでそぐわず、まして幕切れの妹の死で、死んだ体がまだ微かに動き〝唇の間から、葉牡丹

のように色の褪めた舌を垂らした。〟の次、

〝不意に、母親がだらしのない、大きな声でわいわいと泣きかけたが、父親に激しくたしなめられて袂を口に咬えながら、屍骸の傍に打ち俯してしまった。〟

という突放した描写でみごとな終りを告げると思いのほか、二行ほどあけて次の数行が添えられているのは、初めて読んだときもいまも、いつでもびっくりしずにいられない。

〝それから二た月ほど過ぎて、章三郎は或る短篇の創作を文壇に発表した。彼の書く物は、当時世間に流行している自然主義の小説とは、全く傾向を異にしていた。それは彼の頭に醱酵する怪しい悪夢を材料にした、甘美にして芳烈なる藝術であった。〟

これが小説としての効果を充分に弁《わきま》えてつけ足したのか、単なる青春の気負いか、私にはいまもって判別がつかないのだが、何だか「猫と庄造と二人のをんな」の後に俄かに「春琴抄」の広告が出てきたような異和感だけは拭いきれない。

〝甘美にして芳烈なる藝術〟という凛々《りんりん》たる自信は羨ましいほどだが、その「刺青」も当時の文壇の雰囲気や世間の情勢がナマな形では伝わらないいま、名作ということは間違い

ないにしろ、それが持っていた彫り上げたばかりのような輝かしさは、むしろこの言葉から逆に推察するしかないらしい。まして「人魚の嘆き」や「魔術師」となると、これに再び月光の雫《しずく》を浴びせ、大きく帆を張って走る情景を思い浮かべるには、作者と同じほど豊かな空想力が必要かも知れないのだが、推測を届かせるためにつけ加えれば、こうした耽美主義がどれほど当時の若い読者に影響を与えたかという問題がある。

中でも八歳下の江戸川乱歩と十六歳下の横溝正史の二人の傾倒ぶりは有名で、日本の探偵小説は遠くポオやドイルを父とし、谷崎を母として生誕したといえるであろう。「魔術師」の冒頭の描写は何としばしば乱歩の作品に引き継がれ移されていることか。乱歩自身、昭和二十二年の「宝石」に「一般文壇と探偵小説」と題してこう記している。

〝谷崎潤一郎の名が大衆化したのは大正期に入ってからであるが、明治四十三年の「新思潮」に「誕生」「刺青」「象」「麒麟」などを発表したのが最初であった。これらの短篇も異常なる唯美主義の作品ではあったが、更らに一層ミステリー文学への近似が感じられるのは大正五年の「魔術師」あたりからであろう。大正六年の「ハッサンカンの妖術」同七年の「金と銀」「人面疽」「白昼鬼語」同八年の「呪はれた戯曲」「ある少年の怯れ」同九年の「途上」などが谷崎怪奇文学の頂上期をなしている。私はこれらの作を憑《つ》かれたるが如く愛読した記憶がある。そして私の初期の怪奇小説はやはりその影響を受けているし、横溝君なども谷崎文学の心酔者であって、例えば「鬼火」と「金と銀」、「面影双紙」と「ある少年の怯れ」、「蔵の中」と「恐ろしき戯曲」等その着想が酷似しているほどである。〟

ここでいうように「金と銀」はのちに渡辺温のシナリオ「影」を経て正史の「鬼火」となり、「白昼鬼語」はまた乱歩の「妖虫」とよくも似ていることだ。「人面疽」の映画の恐怖も、「途上」のさりげない会話のスリルも、すべては残りなく乱歩の脳髄に沁み亘って別種の血みどろな花に変じたことを思えば、耽美主義は単なる異国趣味に留まったなどと常識論をかざすこと自体控えるべきかも知れない。現実の乱歩と谷崎は昭和四十年の七月、二日違いでまさに踵《くびす》を接してこの世を去ったが、炎帝の燃え熾《さか》るさなかといいながら、そのとき確かに巨大な洞《ほら》が真黒に口をあけた思いがしたことを、私はいまに忘れ得ない。美の王朝は、まさにその日を境に崩壊の予兆を見せ始めたのだから。

（一九七八・二）

（なかい・ひでお）

初出　「解説」『人魚の嘆き・魔術師』中公文庫　一九七八年三月刊

解説　水島爾保布小伝 ――『人魚の嘆き・魔術師』まで

前田恭二

「知る人ぞ知る」という。裏を返せば、ほとんど無名の謂《いい》である。谷崎潤一郎と組み、本書の挿絵を描いた水島爾保布という人も、いまではその部類に属しよう。

とはいえ本来の意味で、「知る人ぞ知る」と言いたい例もある。

博学多識で、洋書店「丸善」の顧問でもあった文筆家、内田魯庵《ろあん》は一九二四年（大正十三年）、読売新聞に連載した「籔《やぶ》にらみ」のなかで、過褒とすら思えるほどに、水島の才能を称賛している（六月十八、十九日付）。画文両道の人だった水島が日本評論社から『新東京繁昌記』、金尾文淵堂から『痴語』と、たてつづけに文集二冊を刊行したころであり、まずは文筆、特に時事コラムの痛快さから説きおこす。

藝術以外社会百般に渉《わた》つて何でも一と通りの理解と知識とを持つてゐて、ドンナ事件でも問題でも当るに任せて人触るれば人を斬り馬触るれば馬を斬るといふやうに薙《なぎ》倒す水際立つた筆の冴えはキビ〳〵してゐる。殊《こと》に譏刺《きし》縦横口を衝《つ》いて出づる小気味よさは緑雨《りよくう》以来の第一人者であらう。シカモ緑雨のやうに小さな世界にコセコセしてツマラヌ事を気にするヒステリックな処が微塵も無い。

明治の世を諷した斎藤緑雨の警句は寸鉄のごとくだが、そのありし日を知る魯庵に、勝るとも劣らぬと言わしめている。事実、水島が残したコラムは無類におもしろい。魯庵は画業についても、「兎に角才筆家でドンナ画でも描ける技術を持ってる」、展覧会で成功する気になれば、それもたやすかろうとしたうえで、「異端癖」に言い及ぶ。

帝展の特選を志したら容易に審査員を煙に巻く事も出来ようし、（略）夫《それ》にも拘らず故《こと》更《さら》に不利益なグロテスクな題材を択《えら》んで専ら挿絵風な作をするのは旋毛《つむじ》曲りの異端癖がさせるので、滔々《とうとう》たる文人や画家の類型を脱した水島の個性は画にも文にも歴然と現はれてをる。

つむじまがりだという魯庵自身も、申し分なく狷介《けんかい》だった。「知る人ぞ知る」というゆえんである。それに加えて、魯庵も認めるほどに博学多識でありながら、水島はおよそ世に容《い》れられる手練手管には疎《うと》かった。主流本流には与《くみ》せず、かえって米櫃《こめびつ》仕事に日々汲々とした面は否めない。よって大方の事績は忘れ去られて今日に至るが、かろうじて知られているのが本書の挿絵であろう。そこに至る前半生を述べてみる。

*

生前の人事録によれば、水島の生年は一八八四年（明治十七年）である。出生自体は神田のようだが、上野の山下にあたる根岸で育った。日本橋の商家に生まれた谷崎潤一郎と同様、生粋の東京人である。ただし、水島は士族の裔だった。

　父親は慎次郎といい、千葉・下総《しもうさ》の佐倉藩士だったと伝える。学問を好み、維新後は一時期、文部省の下級官吏となった。在籍したのは出版事業を担った編輯局で、『言海』の大槻文彦、近代国学の小杉榲邨《すぎむら》といった大物を擁していた。そのころ生まれたのが長男の爾保布で、まあ難読というしかない命名は慎次郎の人となりをうかがわせる。爾保布はニホフ、万葉がなである。国学を信奉していたことはまちがいない。次男も佐久良で、サクラだから、爾保布、佐久良とつづけると、本居宣長の「朝日に匂ふ山桜花」のごとくで、慎次郎は浮世離れというのか、いくらかお調子者だったかとも思われる。文部省は数年で辞めて教育出版界へ転じ、のちには辞典を何冊か編纂してもいる。

　そんな父親の国学志向もあってのことか、水島爾保布は若き日、短歌に親しんだ。落合直文門下の丸岡桂《かつら》に兄事したようである。一九〇三年（明治三十六年）、最晩年の直文と桂たちが歌誌「莫告藻《なのりそ》」を創刊したころには、詩想沸き立つがままに百余首を投じ、毎月二十首以下とする投稿規定がつくられたりもした。一九〇四年からは相馬御風、岩野泡鳴たちの文芸誌「白百合」の常連投稿家となる。オルフェウスものの劇詩「幽界の曲」で登場し、次々に新体詩を投じている。はやりのロマン主義に棹《さお》さす詩文と言ってよい。

　同じく一九〇四年には父の縁故からか、少年雑誌にかかわった。二十歳そこそこで、表紙絵、挿画から童話まで大量に請け負っている。下って大正時代には、鈴木三重吉の最初の童話集に挿画を与え、「赤い鳥」の執筆陣に加わるのだが、児童文学のキャリアは遠く三重吉以前にさかのぼる。早熟で、なにかと過剰な若者なのだった。

　この間、一九〇一年には東京美術学校日本画撰科へ入学した。二度留年し、在校六年半に及ぶ。これはひとつに日露戦争へ出征したことによるのだが、詩歌にのめり、商業出版にまで進出していたことと無縁ではあるまい。美校の教室では、師を師とも思わぬ態度だったらしい。アール・ヌーヴォー調の画風で異彩を放ち、教授の川端玉章《かわばたぎょくしょう》から再三注意されていた。のみならず「何をクヨ〳〵川端おやぢ金のたまるを見てくらす」と歌ってみせ、愛想をつかされたという。円山派の大物で、帝室技藝員でもあった玉章の栄耀栄華を、いかにも江戸的な悪洒落《わるじやれ》で茶化したのである。この不遜さはむろん腕に自信があればこそでもあっただろう。事実、一九〇五年には絵葉書展覧会に出品し、藤島武二、梶田半古《かじたはんこ》といった知名の画家と伍し、凝った意匠で一等賞金牌に選ばれている。

美校とは別に、誰かに絵を習っていたかとも想像され、入学以前、意外にも久保田金僊《きんせん》・

に師事したとする人名録もあるが、むしろ近かった画家としては、狩野芳崖《かのうほうがい》の高弟で、根岸あたりにいた高屋肖哲《しょうてつ》が挙げられる。その義妹にあたる詩歌の仲間、山室幸子と在校中に結婚した縁も生じ、水島は生涯、肖哲には敬意をささげた。

　短歌では落合直文、絵のほうでは芳崖門の高屋肖哲に親炙《しんしゃ》したとすれば、水島は明治文化の正系に連なっていたと言える。おそらくは好学の父親から漢文その他、近世的な学問を仕込まれてもいただろう。もっとも、正系は主流を意味しない。直文門から主流になったのは、与謝野鉄幹の「明星《みょうじょう》」にほかならず、そこには水島は関係していない。むろん狩野芳崖は死して久しく、芳崖を愛した岡倉天心もすでに美校を追われていた。肖哲を慕ったところで、本流とはほど遠い。正統的な素養を持ちながら、つねに裏街道へと逸れていく水島の人生行路はこのへんを起点とする。

　一九〇八年、なんとか東京美術学校を出るころには、かなり厄介な藝術青年になりおおせた。卒業制作は現存するが、ひどく奇矯な降魔《ごうま》成道図《じょうどうず》である。

＊

　明治の終わりから大正初期には、根岸界隈の仲間たちと文藝誌「新文藝」「モザイク」を送り出し、他方で、東京美術学校の有志とは、日本画系の前衛グループ「行樹社《こうじゅしゃ》」をつくった。それら文筆と絵画の双方で、水島は陰惨怪奇な世界へのめりこむ。

まずは一九一〇年（明治四十三年）の創刊の「新文藝」だが、中心は新体詩人だった山本露葉《ろよう》と水島爾保布・佐久良の兄弟だった。同じころには「明星」脱退組が「スバル」を旗揚げし、「白樺」なども創刊されている。それら文壇の新世代と轡《くつわ》を並べるどころか、さほど話題になることもなく、晩秋にはついえてしまう雑誌である。

水島は種々の創作を載せ、むろん挿画も描いている。「指ほどのはだか虫ありせぐくまりあるはのたうちわが心はふ」とは創刊号に載せた一首で、鬱屈《うつくつ》した心情を伝えるが、一言しておくべきは、第四号の小説「破壊の前」で発禁を食らったことである。

どんな代物かというと、いずことも知れぬ暗闇に、次々に闖入者《ちんにゅうしゃ》があらわれ、奇妙な会話を交わしては消える。不条理演劇が明治の末に出現したかの怪作だが、問題になったのは、労働者風の一団が押しかける場面と目される。「破壊の声だ。暴動の音だ。」と呼号し、「ダイナマイトを持つて居る。」「爆裂弾を持つて来た。」「行かう。」「行かう。」と去っていく。しかも掲載号が発行されたのは一九一〇年五月一日、大逆《たいぎゃく》事件の摘発直前にほかならない。内容といい時期といい、なぜかくもきわどい創作を書いたのか、目下は謎というしかない。言い添えておくと、関東大震災のあとも、水島は『新東京繁昌記』のなかで、朝鮮人暴動のデマに翻弄された根岸の状況をつぶさに録し、発禁処分となる。活動家でもないのに二度までも、安寧秩序紊乱《ぶんらん》で咎められた人物なのである。

一九一二年創刊の「モザイク」となると、拗《す》ね者ぶりに拍車がかかる。創刊同人は露葉たち「新文藝」組。弟の佐久良は幸田露伴の門人となり、不参加だったが、その露伴は創刊号の表紙絵について、日記に「陋怪《ろうかい》厭《いと》ふべし」と記す。描いたのは水島で、オウム頭の人物が藝者に紅い酒を注ぎ、なぜか海蛇までのたうつ。要はらくがきに等しい。

この時期の創作としては、小説に本腰を入れている。二・三号分載の「瘡人」は鶴屋南北ばりのピカレスクである。筒井康隆「村井長庵」をご存じなら、あれに輪をかけた代物と思ってもらってもよい。悪漢甚五郎は女に袖にされ、恋敵《こいがたき》ともども惨殺する。「蹂躙《じゅうりん》に蹂躙を加へられた恋の最期は、呪ふが如き相形で相擁《あいよう》した硬張《こわば》つた線と、忿怒《ふんぬ》に裂けた眼の縁へ銹《さび》の如くコビリ附いた血汐《ちしお》とで彩られた」といった調子で、描写は酸鼻を極める。さらに非道の限りを尽くした甚五郎はその報いか、人面疽に憑かれる。獣に等しい営みで平癒すると聞き、娘を犯すべく舟遊びへ誘いだすが、逆襲されて落命する。

> 上から乗しかかつて突き込んだ刀は、鳩尾《みずおち》から背を貫いて切先《きっさき》は三寸余りも船底板を縫ひ徹した。その裂け目から浸り込む冷い水が熬《い》られるやうに熱い傷口へ沁みる快さ……彼はこんな心持を待ち焦《こが》れるやうに眼を凝然《じっ》と開いて、娘の細い指先からほごれ出る何ものかを見て取らうとした。それは一生涯の努力を償《つぐな》ふやうな満足の一瞬間であると思つた。

修辞は過剰で、ひたすら嗜虐《しぎゃく》的な場面が連続するが、江戸前のセリフは冴えわたり、いわば下町デカダンスの妖しい輝きが揺曳《ようえい》する。水島は当時、犯罪心理や性的倒錯に関心をもっていて、別の小説でも、昂然と「私は凡《すべ》ての藝術を変態性欲だといひたい。――私の藝術は勿論私のそれの結果である」と書きつけている。ちなみに「モザイク」には遅れて一代の蕩児、武林《たけばやし》無想庵《むそうあん》が参加し、同人たちは連夜、飲み歩くようになる。

＊

画業のほうでも、美校の仲間との行樹社展で、耽美の風を追った。一九一二年の第一回展から、出品作のタイトルを拾うと、「夜の髪」「阿剌比亜夜話《あらびややわ》の後」「暴王の心臓」等となる。そこにはただし、モノクロームの「人魚」が含まれる。大正八年の『人魚の嘆き・魔術師』をはじめ、好んで描いた人魚図の初例にあたる。このころから水島の絵はオーブリー・ビアズリーに擬せられるが、人魚図の着想源は英国世紀末の画家とは関係しない。以前に読んだアメリカの雑誌に蛸《たこ》のような生物が出没する月世界ＳＦがあり、そこから人魚が魔性の何かの足に搦めとられる絵を思いついた、と水島自身が明かしている。

もっとも、行樹社の絵は前衛グループの常として、ほとんど売れなかった。赤字を埋め合わせるため、翌一三年、水島たちは出品作を抱えて大阪へ向かったが、やはり不評で、結局は酒色にまぎらした。若い舞妓から「何ぞかいておくれやす」とねだられると、よしきたと腕に蛇を描いてやり、その舞妓がらくがきした魚の絵を「モザイク」の表紙にしろと東京まで送りつけた。「貴様は馬鹿だ」と言われ、ボツになった。

　ほかにも泡沫的な劇団にかかわったりして、一九一四年の暮れには、佐藤春夫と女優の川路歌子の仲人をしたことが知られる。同じころには一度、谷崎潤一郎とも対面したようである。無想庵晩年の回想に見える話で、つじつまの合わぬ点があるのだが、谷崎から水島の連絡先を訊かれ、教えたのだという。谷崎としては「モザイク」その他を通じ、同世代の異端画家に関心を抱いたものか。ところが迎えた水島の谷崎評は「へんな男だね」「一人言を口のうちでぶつ〳〵いってたよ」。初対面はなんら実を結ばなかった。

*

「モザイク」に行樹社と、実入りのない活動をつづけた結果、もとから貧乏だった水島の生活は行き詰まる。佐藤春夫の仲人をしたころには、妻子を抱え、根岸の家を追い立てられていた。ちなみに長男は後年、SF作家の今日泊《きょうどまり》亜蘭《あらん》となるが、その日のコメにも窮《きゅう》するに至り、一九一五年（大正四年）、大阪朝日新聞に入社する。

　かつて新聞社は絵や図版のために、自前で画家を雇っていた。まだ写真印刷が難しかった時分の話である。ことに日本に冠たる一流紙だった大阪朝日に採用されたのは、二年前の大阪放浪で、夜の名物記者でもあったらしい大道弘雄と知り合い、コマ絵を寄稿していたことが幸いした。上司は長谷川如是閑《にょぜかん》で、その柔軟な知性には水島も敬服した。絵も描けば、文才を生かして記事も書いた。むろん定収により、生活は落ち着いた。

大阪朝日時代に得たものは少なくない。そのひとつに悪食《あくじき》体験がある。これは天王寺の動物園にいて、名物園長となる林佐市の感化による。驚いたことには、飼育する動物が横死するたびに、林は肉を試食していた。好奇心だけでなく、救荒食《きゅうこうしょく》の研究でもあったようだが、水島は仲良くなり、ペンギン、エミューにニシキヘビ、馬の睾丸、ライオンのステーキに至るまで、相伴にあずかった。しかも世の顰蹙《ひんしゅく》を買うことなど、水島は意に介さなかったから、後年、得がたい体験を雑文のネタに使い、漢籍から拾った奇聞珍談を交えて書きまくった。いつしか悪食家の勇名をはせることになる。

もう少しまともな収穫としては、近郊散策や街道絵への専心がある。大正期の関西は私鉄網が広がり、近郊レジャーや旅の情報は需要があった。水島は仲間の社内画家と連れ立ってスケッチに出かけ、さかんに紙面に描いた。ことに水島は旅を好み、一九一八年には遠路北海道へ渡り、夏には徳川時代よろしく草鞋《わらじ》ばきで、東海道を歩きとおした。

もっとも、東海道行脚は悠長に過ぎたかもしれない。おりしも米価は急騰し、世情不安が高まっていた。大阪でも米騒動が激化し、たびたび報道管制が敷かれる。新聞各社は当然、抗議した。大阪朝日はかねて政府と対立し、批判の急先鋒だったが、八月、思わぬ筆禍で足をすくわれてしまう。ジャーナリズム史に名高い「白虹《はっこう》事件」である。社内で善後策が議論されるさなか、水島は「東海道中画譜」を連載したが、果たして十月には長谷川如是閑をはじめ、編集を主導したリベラル派は退社を余儀なくされた。

＊

如是閑も去った以上、居残る義理もなかったはずだが、水島は半年ほど大阪にとどまった。東海道紀行を出版すべく、版元の金尾文淵堂と話をつけ、画稿の整理に専念した。その『東海道五十三次　附瀬戸内海』が上梓されるのは一九二〇年（大正九年）と遅れるが、序文で「人は文展や他の展覧会への出品製作に日夜の営みを続けてゐる際に、私もその人達と同じやうな努力をこの小品に集めてゐた」と吐露している。思い返せば行樹社も失敗し、展覧会には希望を持てない。水島は「紙上の美術」に賭けたのである。

大阪暮らしを繰り上げたのは、一九一九年五月のことである。引っ越し準備で上京し、その足で「モザイク」時代の知人の出版記念会へ顔を出した。すると無想庵や如是閑、そして、ほかでもない谷崎潤一郎がいた。

ここで水島と谷崎が再会したことは、おそらく大きな意味をもつ。三か月後の八月、ふたりは春陽堂から挿絵本『人魚の嘆き・魔術師』を上梓する。実のところ、すでに二編は一九一七年、同じ版元の短編集『人魚の嘆き』に収録されていた。入集六編で、挿絵は名越国三郎だった。にもかかわらず、あらためて二編を選び、水島の絵によって面目一新の本を出す話がどこから生じたのかと言えば、五月の会合が契機だった可能性が高く、少なくとも以降、集中的に挿絵が描かれたと目されるのである。

そのように考える理由を簡潔に説明しておくと、このとき谷崎も塩原の定宿から出京したばかりだった。目的のひとつは偏愛していた京劇鑑賞だったはずである。おりしも中国から名優梅蘭芳《メイランファン》が初来日を果たし、東都の話題をさらっていた。やがて八月、世に出る水島の挿絵にはご覧の通り、あきらかに京劇風の場面がいくつか含まれる。谷崎、水島の再会と梅蘭芳来日のインパクトが本書の出版につながったことを示唆していよう。

加えて水島としては、この時期、紙上の美術に心血を注ぐ気になっていた。こうして近代日本屈指のイラストレイテッド・ブックが生まれたのである。

冒頭に掲げた内田魯庵の「籔にらみ」も、オスカー・ワイルドの戯曲で、ビアズリーの挿絵で名高い『サロメ』を引き合いに、水島の挿絵をたたえている。

> 行樹社以来ビアヅレエの跡を追ふブラック・エンド・ホワイトの技術はブック・イラストレエトアとしては異彩を放つてをる。例へば谷崎の『人魚の歎き《ママ》』の挿画の如き、西洋ならビアヅレエの『サロメ』の挿画のやうに作者の名よりも嘖々《さくさく》されるだらうが、日本では額や掛物でなければ美術扱《あつかい》されないから挿画家としての爾保布の技術も割合に認められない。

「割合に認められない」は水島の心情を汲む評言でもあろう。もっともらしい鑑賞用の絵を描く画家に対し、挿絵画家は「版下かき」と軽侮されることがあった。

＊

総じて言えば、このあとも水島は紙上の側に生きた。文筆を含めて、その後の仕事を摘記しておくと、まずは一九二〇年（大正九年）、如是閑のもと、論壇誌「我等」で書きはじめたコラム「根岸より」がある。くだらぬ世をくだらぬ冗舌で迎え、かと思えば、江戸庶民さながらの啖呵で袈裟懸《けさが》けに斬り、呼びものとなった。どんな調子だったか、こころみに連載三回目の国会傍聴記から当時の首相、原敬《はらたかし》の人物評を引いてみる。

> 原敬つて人は以前ある新聞で白髪鬼《はくはつき》なんて称号を附けたのを覚えてゐたので、どんなに恐ろしい親爺かと思つてゐたら案外だつた。少し助倍《すけべえ》らしい表情は誰のポンチ絵にもなくいけぞんざいのやうな神経質なやうなヘンな皮肉な調子は役者の誰にもない特殊なものだつた。俺は昆虫類の事は些《ちつと》も知らないが何だか蠅の種類の中にあんなのがありさうな気がしてならなかつた。

平民宰相のもと、蔵相だった高橋是清《これきよ》については「一頃の大学目薬つてえ売薬のトレードマーク見たいな親爺さんだつた」。誰であれ、遠慮会釈なしである。

関東大震災後の『新東京繁昌記』で筆禍に罹《かか》ったことは既述の通りだが、朝鮮人暴動のデマにかかわる文章を全面削除した改訂版でも平然と、「どの道人間つてやつは本来が『発売禁止』的動物に出来上つてゐるんだから、人間そのものを禁止しない以上その言葉丈《だけ》或は言葉の符号丈を禁止して見たつてはじまらない」とうそぶいている。時事コラムは掲載誌を移りながら、大戦末期まで四半世紀に及ぶ。ほかにも画文の旅もの、漫画漫文に児童文学その他を縦横にかきわけた。仮に「近代日本雑文史」なるものでもあれば、特筆されてしかるべきだが、編纂の労をとる奇特な方はいそうもない。

画家としては二度、官展に入選を果たしている。一九二〇年の帝展出品作は「阿修羅《あしゅら》のをどり」の題で、六臂《ろっぴ》を旋回させながら阿修羅が躍り上がる。おそらくはボッチオーニたち未来派の運動表現を示して名高い命題「疾走する馬の脚は二十本」を横目に、そんなことなら仏画でやれるぜ、というひねくれた絵だったかと思われる。行樹社のころから未来派のことなど、水島は先刻承知だった。もっとも、意図が理解されたふしはない。昭和初期には官展出品を取りやめる。円本時代を迎え、漫画や挿絵の依頼が増えていた。文人画ふうの絵も描いてはいたが、もっぱら漫画家と呼ばれることになる。

晩年は新潟県に隠棲し、一九五八年（昭和三十三年）に世を去った。思えば、持てる才能を蕩尽《とうじん》したかのような生涯だが、美術の世界に蛇足を言えば、いみじくも魯庵が説いたごとくに、紙上の絵を下目にみる傾向はいまも揺るぎない。それでも今般、本文庫の新装版が出るのだから、初版から百年あまり、依然として『人魚の嘆き・魔術師』の絵を愛する人はいるらしい。それも思えば「知る人ぞ知る」ではある。

（まえだ・きょうじ　武蔵野美術大学教授）

本書は、二〇一五年十一月に刊行された『決定版谷崎潤一郎全集　第四巻』（中央公論新社）を底本とし、一九七八年三月に刊行された『人魚の嘆き・魔術師』（中公文庫）を適宜参照しました。

水島爾保布によるカバー画、口絵、挿画、カットは一九一九年（大正八）八月に刊行された『人魚の嘆き・魔術師』（春陽堂）をもとにしています。

中井英夫による「解説」は、一九七八年に刊行された『人魚の嘆き・魔術師』（中公文庫）に収録されたものです。引用文の表記は、執筆時のままとしました。
明里千章による「註解」、前田恭二による「解説」は書き下ろしです。

文庫に収載するにあたり、正字を新字にあらためた（一部固有名詞や異体字をのぞく）ほかは、当時の単行本の雰囲気を伝えるべく歴史的かなづかいをいかし、踊り字などもそのままとしました。ただし、ふりがなは現代読者の読みやすさを優先して新かなづかいとし、副詞などにふりがなを適宜補いました。

本書に収載された作品には、今日の人権意識からみて不適切と思われる表現が使用されておりますが、本作品が書かれた時代背景、文学的価値、および著者が故人であることを考慮し、発表時のままとしました。

（編集部）

中公文庫

人魚《にんぎょ》の嘆《なげ》き・魔術師《まじゅつし》

2022年 9 月25日　初版発行

著　者　谷崎潤一郎《たにざきじゅんいちろう》

発行者　安 部 順 一

発行所　中央公論新社
〒100-8152　東京都千代田区大手町 1-7-1
電話　販売 03-5299-1730　編集 03-5299-1890
URL https://www.chuko.co.jp/

ＤＴＰ　平面惑星
印　刷　三晃印刷
製　本　小泉製本

Published by CHUOKORON-SHINSHA, INC.
Printed in Japan　ISBN978-4-12-207259-6 C1193

各書目の下段の数字はISBNコードです。978-4-12が省略してあります。

中公文庫既刊より

た-30-13
細雪（全）　谷崎潤一郎
大阪船場の旧家蒔岡家の美しい四姉妹を優雅な風俗・行事とともに描く。女性への永遠の願いを〝雪子〟に託す谷崎文学の代表作。〈解説〉田辺聖子
200991-2

た-30-18
春琴抄・吉野葛　谷崎潤一郎
美貌と才気に恵まれた盲目の地唄の師匠春琴。その弟子佐助は献身と愛ゆえに自らも盲目となる――代表作『春琴抄』と『吉野葛』を収録。〈解説〉河野多恵子
201290-5

た-30-19
潤一郎訳 源氏物語 巻一　谷崎潤一郎
文豪谷崎の流麗完璧な現代語訳による日本の誇る古典。日本画壇の巨匠14人による挿画入り絵巻。本巻は「桐壺」より「花散里」までを収録。〈解説〉池田彌三郎
201825-9

た-30-20
潤一郎訳 源氏物語 巻二　谷崎潤一郎
文豪谷崎の流麗完璧な現代語訳による日本の誇る古典。日本画壇の巨匠14人による挿画入り。本巻は「須磨」より「胡蝶」までを収録。〈解説〉池田彌三郎
201826-6

た-30-21
潤一郎訳 源氏物語 巻三　谷崎潤一郎
文豪谷崎の流麗完璧な現代語訳による日本の誇る古典。日本画壇の巨匠14人による挿画入り絵巻。本巻は「螢」より「若菜」までを収録。〈解説〉池田彌三郎
201834-1

た-30-22
潤一郎訳 源氏物語 巻四　谷崎潤一郎
文豪谷崎の流麗完璧な現代語訳による日本の誇る古典。日本画壇の巨匠14人による挿画入り絵巻。本巻は「柏木」より「総角」までを収録。〈解説〉池田彌三郎
201841-9

た-30-23
潤一郎訳 源氏物語 巻五　谷崎潤一郎
文豪谷崎の流麗完璧な現代語訳による日本の誇る古典。日本画壇の巨匠14人による挿画入り絵巻。本巻は「早蕨」から「夢浮橋」までを収録。〈解説〉池田彌三郎
201848-8

た-30-25

お艶殺し

谷崎潤一郎

駿河屋の一人娘お艶と奉公人新助は雪の夜駈落ちした。幸せを求めた道行きだった筈が……。芸術とは何かを探求した「金色の死」併載。〈解説〉佐伯彰一

202006-1

た-30-27

陰翳礼讃

谷崎潤一郎

日本の伝統美の本質を、かげや隈の内に見出す「陰翳礼讃」「厠のいろいろ」を始め、「恋愛及び色情」「客ぎらい」など随想六篇を収む。〈解説〉吉行淳之介

202413-7

た-30-28

文章読本

谷崎潤一郎

正しく文学作品を鑑賞し、美しい文章を書こうと願うすべての人の必読書。文章入門としてだけでなく文豪の豊かな経験談でもある。〈解説〉吉行淳之介

202535-6

た-30-45

歌々《うたうた》板《はん》画《が》巻《かん》

谷崎潤一郎 歌
棟方志功 板

文豪谷崎の和歌に棟方志功が「板画」を彫った二十四点に、挿画をめぐる二人の愉快な対談をそえておくる。芸術家ふたりが互角にとりくんだ愉しい一冊である。

204383-1

た-30-46

武州公秘話

谷崎潤一郎

敵の首級を洗い清める美女の様子にみせられた少年——戦国時代に題材をとり、奔放な着想をもりこんで描かれた伝奇ロマン。木村荘八挿画収載。〈解説〉佐伯彰一

204518-7

た-30-52

痴人の愛

谷崎潤一郎

美少女ナオミの若々しい肢体にひかれ、やがて成熟したその奔放な魅力のとりことなった譲治。女の魔性に跪く男の惑乱と陶酔を描く。〈解説〉河野多恵子

204767-9

た-30-53

卍（まんじ）

谷崎潤一郎

光子という美の奴隷となった柿内夫妻は、卍のように絡みあいながら破滅に向かう。官能的な愛のなかに心理的マゾヒズムを描いた傑作。〈解説〉千葉俊二

204766-2

た-30-54

夢の浮橋

谷崎潤一郎

夭折した母によく似た継母。主人公は継母への憧れと生母への思慕から二人を意識の中で混同させてゆく。谷崎文学における母恋物語の白眉。〈解説〉千葉俊二

204913-0

各書目の下段の数字はISBNコードです。978－4－12が省略してあります。

た-30-55
猫と庄造と二人のをんな　谷崎潤一郎
猫に嫉妬する妻と元妻、そして女より猫がかわいくてたまらない男が繰り広げる軽妙な心理コメディの傑作。安井曾太郎の挿画収載。〈解説〉千葉俊二
205815-6

た-30-56
少将滋幹《しげもと》の母 他三篇　谷崎潤一郎
平安文学に材を取った、母恋ものの代表作。小倉遊亀による挿画を完全収載。ほかに短篇三作、正宗白鳥らによる時評を付す。〈註解〉明里千章〈解説〉千葉俊二
207088-2

た-30-58
台所太平記　谷崎潤一郎
特技はお料理、按摩、ゴリラの真似。曲者揃いの女たちが、文豪の家で元気にお仕事中！ 珍騒動と笑いが止まらぬ女中さん列伝。〈挿絵〉山口 晃〈解説〉松田青子
207111-7

た-30-59
盲目物語 他三篇　谷崎潤一郎
お市の方への思慕を盲目の法師に語らせた表題作。北野恒富の口絵、菅楯彦の挿画（「聞書抄」）、正宗白鳥による時評などを付す。〈註解〉明里千章〈解説〉千葉俊二
207156-8

た-30-60
疎開日記 谷崎潤一郎終戦日記　谷崎潤一郎
激しい空爆をさけ疎開した文豪が思い出す平和な日の記憶。随筆集『月と狂言師』に永井荷風・吉井勇との往復書簡などを増補。〈註解〉細川光洋〈解説〉千葉俊二
207232-9

な-73-1
麻布《あざぶ》襍記《ざつき》 附・自選荷風百句　永井荷風
東京・麻布の偏奇館で執筆した小説「雨瀟瀟」「雪解」、随筆「花火」「偏奇館漫録」等を収める抒情的散文集。初の文庫化。〈巻末エッセイ〉須賀敦子
206615-1

な-73-2
葛飾土産　永井荷風
石川淳が「戦後はただこの一篇」と評した表題作ほか、短篇・戯曲・随筆を収めた戦後最初の作品集。久保田万太郎の同名戯曲、石川淳「敗荷落日」を併録。
206715-8

な-73-3
鷗外先生 荷風随筆集　永井荷風
師・森鷗外、足繁く通った向島・浅草をめぐる文章と、自伝的作品を併せた文庫オリジナル編集。巻末に谷崎潤一郎、正宗白鳥の批評を付す。〈解説〉森まゆみ
206800-1

お-78-1
三浦老人昔話　岡本綺堂読物集一
岡本綺堂

死んでもいいから背中に刺青を入れてくれと懇願する若者、置いてけ堀の怪談――岡っ引き半七の友人、三浦老人が語る奇譚の数々。〈解題〉千葉俊二

205660-2

お-78-2
青《せい》蛙《あ》堂《どう》鬼《き》談《だん》　岡本綺堂読物集二
岡本綺堂

夜ごと人間の血を舐める一本足の美女、蝦蟇に祈禱をするうら若き妻、夜店で買った猿の面をめぐる怪異――暗闇に蠢く幽鬼と妖魔の物語。〈解題〉千葉俊二

205710-4

お-78-3
近代異妖篇　岡本綺堂読物集三
岡本綺堂

人をひとり殺してきたと告白する藝妓のはなし、影を踏まれるのを怖がる娘のはなしなど、江戸から大正期にかけてのふしぎな話を集めた。〈解題〉千葉俊二

205781-4

お-78-4
探偵夜話　岡本綺堂読物集四
岡本綺堂

死んだ筈の将校が生き返った話、山窩の娘の抱いた哀切な秘密、駆落ち相手を残して変死した男の話など、探偵趣味の横溢する奇譚集。〈解題〉千葉俊二

205856-9

お-78-5
今古探偵十話　岡本綺堂読物集五
岡本綺堂

中国を舞台にした義俠心あふれる美貌の女傑の話、新聞記事に心をさいなまれてゆく娘の悲劇「慈悲心鳥」など、好評「探偵夜話」の続篇。〈解題〉千葉俊二

205968-9

お-78-6
異妖新篇　岡本綺堂読物集六
岡本綺堂

狢《むじな》や河獺《かわうそ》など、近代化がすすむ日本の暗闇にとり残された生き物や道具を媒介に、異界と交わるものたちを描いた「近代異妖篇」の続篇。〈解題〉千葉俊二

206539-0

お-78-7
怪獣　岡本綺堂読物集七
岡本綺堂

自分の裸体の写し絵を取り戻してくれと泣く娘の話、美しい娘に化けた狐に取り憑かれる歌舞伎役者の話など、綺堂自身が編んだ短篇集最終巻。〈解題〉千葉俊二

206649-6

お-78-8
玉藻の前
岡本綺堂

「殺生石伝説」を下敷きにした長編伝奇小説。平安朝、金毛九尾の妖狐に憑かれた美少女と、幼なじみの陰陽師の悲恋。短篇「狐武者」を収載。〈解題〉千葉俊二

206733-2